百の影

ONE HUNDRED SHADOWS

HWANG JUNGEUN

ファン・ジョンウン
オ・ヨンア＊訳

AKISHOBO

百の影

目次

森 5
つむじとつむじとつむじではないもの 25
口を食べる口 59
停電 79

オムサ 99
恒星とマトリョーシカ 121
島 151
あとがき 172
ふたたび、あとがき 174
訳者あとがき 178

백의 그림자

Japanese edition is published by arrangement with
Changbi Publishers, Inc. through CUON Inc.

This book is published under the support of
Literature Translation Institute of Korea (LTI Korea).

森

森で影を見かけた。

はじめのうちは影だと気づかなかった。茂みをかきわけて入っていく様子を見て、そっちのほうにも道があるのかと思いながら、その後ろ姿に見覚えがあるような気もして後をついて行った。進めば進むほど森は深くなり、前に進むにつれその後ろ姿に引かれるようにしてどんどん進んでいった。

ウンギョさん。

と呼ぶ声にふと後ろを振り返ってみると、ムジェさんが立っていた。どこに行くんですか、と彼が尋ねた。

いや、なんとなく歩いてるだけです。

どこにですか。

後をついて行ってたんです。

誰のです。

あの人、と言いながら前を見ると、その人はすでに消えていなかった。ムジェさんが木の枝をよけながらこちらに近づいてきて、どんな人だったのかと聞いた。いざ答えようとしてみると、これといった印象のない後ろ姿だったなと思い、頭が小さくて肩幅が狭くて地黒だったと言った。

ウンギョさんみたいに？

はい。

あたしみたいに、と答えた瞬間、あ、と思った。足元を見下ろしてみると、やわらかな地面に落ちている松ぼっくりやら松葉やらを踏んで立っている自分の足の輪郭に違和感を覚えた。右足の小指の先からひどく細長い影が茂みを越えてどこかに向かって伸びていた。

そうか、影法師だったんだ。

その時わかった。

＊

影法師なんかについて行っちゃだめですよ。

と言うムジェさんの姿がなぜだかぼやけて見えるような気がして目を凝らして見

ると、くもの巣みたいにか細い天気雨が降っていた。じっと立っていると、まぶたが濡《ぬ》れて重たくなってきた。地面に向かってだらんと垂れている十本の指の先に水滴がとどまった。唇の先の雨水はしょっぱかった。一瞬にして全身の力が抜け、そのまましばらく立ち尽くしていた。

帰りますか?

と、背を向けたムジェさんの後について、ざざっ、ざざっ、さわっ、さわっと草をかきわけて前へ足を運んだ。いったい、ここまでどうやって歩いてきたんだろうと思うほど、茂みは鬱蒼《うっそう》としていた。水気を含んでさらに厚みを増したように感じられる草や木の枝をくぐり抜けながら前に進んでいった。ズボンとシャツがだんだんと湿ってきた。眉毛《まゆげ》にとどまっていた雨水が目に入ってくるのをよけようと、目をこすった。

泣いてるんですか?

泣いてませんけど。

と言いつつ、もうずいぶんとこうして歩いているというのに方向すらつかめない森の中だった。

これは困ったな。

ムジェさんが立ち止まって、道に迷ったようだと言った。

そのまま進みます?

それしかないような気がしますけど。

とりあえず歩きましょう。

雨に降られて膨張した森の表層はかなり滑りやすかった。脚がひりひりしたので見下ろしてみると、草にすれて擦り傷だらけだった。一番大きい傷は草の汁が染み込んで真っ青になっていた。脚に傷があるとわかったら、歩くたびにもっとひりひりしてきた。左側に一歩、右側に一歩と、影をどこまでも長く伸ばしたまま一緒に歩いていると、地面から足を離すのも重く感じられてならなかった。まともに歩けずすぐに立ち止まっているのを見て、ムジェさんが近づいてきて傷をのぞき込んだ。

ムジェさん、寒いです。

じっとしてるからですよ。

死にそう。

死にそうって。

いや、だから死にそうなんです。

口癖ですか?

死にそうなんですもん。

ムジェさんが袖口で草の汁をふき取ると、まっすぐに立ってわたしを見つめた。

じゃあ、死にます？

ここで、と、あまりにも静かに言ったせいで、わたしは怖くなった。あらためてムジェさんを見つめた。わたしよりも少し背が高くて、わたしの目の高さより三十センチほど上からこちらを見下ろしていた。黒い瞳だった。普段は少しくるんとしていた髪の毛が雨に濡れてしっとりと落ち着いていた。ウンギョさん、とムジェさんが言った。

本当に死ぬつもりがないのなら、簡単に死にそうだなんて言うもんじゃないですよ。

はい。

じゃ、また歩きましょう、と言いながら前を歩くムジェさんの後をついて行った。涙がこぼれた。あんな薄情な人はさっさと先に行かせて、わたしはわたしのペースで動きたかったけれど、この森で、影さえも立ち上がってきている状況でそんなことはできず、目元をぬぐいながら歩いた。

泣いてるんですか？

泣いてませんけど。

こんな言葉を交わしながら歩いているうちに、空気がふと軽くなった。ムジェさんが立ち止まって空に向かって手のひらを広げた。

雨止みましたね。

ええ。

ガムいります？

はい。

ムジェさんがポケットから折れ曲がったガムを一つ取り出すと、半分にちぎってから差し出した。少しくたっとした二重の包装紙をはがすと、マスカットの味がするというガムを口に入れた。あまりの甘さにあごがしびれそうになって唾液があふれた。包装紙をていねいにたたんでポケットに入れて、ガムを噛《か》みながらひたすら歩いた。濡れた足で地面を踏みつけるたびにしんとした冷気が立ちのぼった。この森のどこかで、これほどまでにしんとした冷気の一部になって溶けてしまうことについて考えた。腐葉土の上に血管のように広がる木の根のまわりに丸いきのこが生えていた。ムジェさん、とわたしが言った。

あたしたち、ここから出られるんでしょうか。

どうですかね。

出られなかったらどうなっちゃうんでしょう。

死ぬんじゃないですかね。

死ぬんですか。

どこだろうといつかは死ぬだろうけれど、ここから出られないのだったらそのまま死ぬでしょう。

怖いな。

怖いですか？

怖くないんですか？

怖いですよ。

怖いんですか？

ええ。

ずんずん歩いていきながらムジェさんが言った。

怖いですよ、僕も。

しばらくの間、黙って歩いた。雨は止んだものの、雨水を飲み込んだ森が吐き出す湿気で息がつまった。必死に体を動かして歩いているのに、お腹《なか》が冷えてきてこのまま日が沈んでしまったらどうしようと思った。ムジェさん、とわたしは言った。
ムジェさん、ともう一度呼んだ。
何か話をしてください。
なんの話をです?
なんでもいいんで。
知ってる話なんてないですがね。
一つだけでいいですから。
うむ、と言ってムジェさんが言った。
影法師の話をしましょうか。
よりによって、どうして影法師の。
雰囲気からいってもちょうどいいし。
影法師の話は嫌かも。
知ってる話なんてそれしかないんで。
じゃあ、それでいいです。
そうしましょうか。
そうしてください。

森

うむ、とムジェさんが言った。

＊

少年が暮らしていました。

はい。

少年の名前はムジェ。

ムジェさん。

はい。

それってムジェさんの話なんですか？

ムジェの話、でしょうね。

ムジェさん自身の話？

だからムジェの話ですって。続けましょうか？

はい。

少年ムジェが暮らしていました。ムジェの一家は、絵一枚かかっていない大きな部屋に住んでいました。家族は九人でした。母親と父親がいて、お姉さんが六人でした。
六人も？
ムジェが七番目の末っ子です。
子だくさんなんですね。
そうですか？
なんでそんなにたくさんいるんだろう。
それはですね、と、ムジェさんが言った。
多いほうがいいから。
多いのがいいんですか？
多くていいこともあるでしょう。
よくないことだってあるんじゃないですか、多いせいで。
と言うと、ムジェさんが笑った。
それもそうですね。
それで、どうなるんですか。
少年ムジェの両親は蓋然《がいぜん》的に、借金をします。
蓋然ですか？

森

必然と言ってもいいでしょう。

借金をするのがどうして必然になるんです?

借金をせずに暮らしていけますか?

そんなのなしで暮らしている人たちだっているでしょう。

どうでしょうかと言ってから、ムジェさんは木の根をつかんで斜面を下りるのに一瞬黙ると、また話しだした。

そんなものなしで暮らしている、と平気で口にするような人ってのは、僕はあんまり好きじゃないんです。すこし乱暴に言うなら、誰の腹も借りずに、ある日突如森にぽんっと生まれてきて、工業製品なんてものは一切使わずに丸裸で暮らしてでもいないかぎり、借金なしで暮らしてるなんて言う人は図々しいと僕は思ってるんです。

工業製品って悪いものなんですか?

そういう話じゃなくてですね、工業製品っていうのはさまざまな物質や化学薬品を使って大量生産されたものだから、いろんなことが起きるわけじゃないですか。川が汚れたり、低賃金で働かなければならない労働力の問題だとか。それこそ靴下一足買うのにだって、格安で手に入れたとしても、その価格分の負債がどこかで生じてるわけですよ。

そうなんだ。

ともかく、少年ムジェの両親が借金をします。

はい。

この場合は、他人の紙に名前を書いてあげる代価として生じる借金です。借金が莫大《ばくだい》すぎて、借金どころか、その利子を返すのにも四苦八苦しているところへ、九人を養っていかなくちゃならない暮らしをしているうちに、ムジェの父親の影がとうとう立ち上がってしまったという話です。ある雨の降る金曜日の夜のことでした。少年ムジェは板張りの通路の隅っこに座って、雨のしずくが狭い庭に落ちて、地面に吸い込まれていくさまを見つめていました。そのとき、ムジェの父親が泥だらけになった靴を履いて帰ってきます。ムジェは父親に声をかけましたが、彼は青ざめた顔でムジェを見ると、部屋に入って横になりました。誰かが声をかけても何ら返事をすることもなく夜になるまで天井を眺めていた彼は、それからほどなくして、影が立ち上がった、と言いだします。立ち飲み屋の軒先で傘を広げた瞬間、自分でも知らず知らずのうちに立ち上がった影を目撃してしまったというのでした。影を、と母親が恐怖に怯《おび》えて息を飲みながら言うのをムジェは聞きます。影が立ち上がっ

森

ただなんて、それでその影法師の後をついて行ったの、あなた？　影法師の後をついて行ったの？　と彼女が震える声で尋ねると、ムジェの父親はうなずきます。どれくらい、どれくらいついて行ったの、とムジェの母親が訊《き》くと、彼は、少しついて行った、ほんの少しだけついて行ったんだ、と答えます。ムジェの母親は、子どもたちのほうを向いて座りなおし涙をぬぐいます。ムジェの父親が彼女のほうを振り返って言いました。そんなに泣くんじゃないよ、気をつけるから。本当に？　今度、影が立ち上がってもちょっとだろうがなんだろうがついて行ったりしないよう気をつけるよ。ちょっとだろうがなんだろうが、ついて行ってはだめでしょう、そもそもついて行かないようにしなくちゃ。もうついて行かないよ。約束してくれますか？　約束するよ、ほら、約束する、と言いましたが、その日以降ムジェの父親は、どうやら人知れずこっそり影法師の後をついて行っていたのか、ろくに食べもしなければ話すこともせず、日に日にやつれていったのです。どこかではっきりと自分の姿を目撃したのだとしたら、それは影法師なんだ、影法師というのは一度立ち上がったらどこまでも執拗につきまとう、そうなったら本体の体はいっかんの終わり、一度立ち上がった影法師の後をついて行かずにはいられないのだから、もう生き残ることはできないといった話を所かまわず唐突に始めたかと思うと、彼は脱《ぬ》け殻のような姿になって死んでしまいます。

死んじゃうんですか。

死ぬんです。

そんな簡単に。

簡単に死ぬことだってあるんですよ、人は。

……あたしの影法師も、そんな恐ろしいものなのかな？

どうでしょう、と言うムジェさんからあまり離れすぎないようにひたすら歩きながら言った。

あたしはどうなるんでしょう、ムジェさん、死んじゃうのかな、簡単に。

ついて行かないようにしてください。

ムジェさんがふと、わたしのほうを振り返って言った。

影が立ち上がったとしても、ついて行かないように気をつければいいんですよ。

＊

森

歩き続けた。

時おり、足元で濡れた木の枝がぱきぱきっと音をたてながら折れた。

ムジェさん、とわたしが言った。

ところで、多いといいんでしょうか。

いいんじゃないですかね。

いいんですかね。

いいから子どもを何人も産む夫婦もいるのだし、アンプをいくつも持っている人だっている。

そうなのかな。

気になるんですか？

ただ、なんとなく。

ここから出たら、確かめてみますか。

出られるんですかね。

いつまでも森が続いているわけじゃないだろうから。

あたしは、好きな人と確かめたいんですけど。

好きになればいいでしょう。

誰をです。

僕をですよ。

それはどうなんだろう。

僕は好きです。

誰のことが。

ウンギョさんのことが。

ふざけないでください。

ふざけてません。好きです。ウンギョさんが好きです。

そんな会話を交わしながらひたすら歩いて畜舎に到着した。日はほとんど暮れたころだった。

ほら、とムジェさんが指差す方向を見てみると、いつの間にか元に戻った影が、ムジェさんの影と一緒にさっき抜け出してきた森のほうに向かって伸びていた。

畜舎の鹿が二頭、人の気配を聞きつけて隅のほうに逃げていった。草食動物の毛や排泄物《はいせつぶつ》の臭いをかぎながら畜舎を通り抜けると、庭に出た。軒下に電球をぶらさげて食事をしていた夫婦がわたしたちのほうを見やった。どのみち日も暮れてしまったことだし、今夜はこちらのお世話になることにした。顔を洗って、彼らが貸してくれた服に着替えて、湯がいた桑の葉でご飯を包んだものもごちそうになった。

食事をしているうちに夜になった。ここで農業を営んでいるという男が、この村の名前とだいたいの位置を教えてくれた。村といっても周辺数キロ以内に家と呼べるようなものはこの一軒しかないのだと、朝になったらトラックでバスの来るところまで乗せていってあげると彼は言った。ありがとうございます、ムジェさんとわたしが言った。ぶあつい蛾《が》が一羽、頭上でよろよろしていたかと思うと、時おり電球に羽をこすらせながら飛んでいた。

ウンギョさん。

米ぬかの入った平べったい枕をわき腹に抱えて立っていたムジェさんが言った。

じゃ、明日の朝に。

男たちが隣の部屋に入っていくと、農夫の妻と二人で布団を敷いた。話し声が聞こえるのをみると、壁はずいぶん薄いようだった。妻が灯《あか》りを消すと、急に目の前をふさがれたように暗くなった。何も見えなかった。しばらく時間が経っても同じだった。手を挙げて顔のほうにゆっくり下ろしてみても、その手は見えなかった。妻がかすかにいびきをかいた。枕カバーから藁《わら》を燃やしたような匂いがした。ホウゥ、ホウゥ、と外でミミズクが鳴いていた。

ムジェさん、とそっと呼んでみた。

ミミズクがいる。
聞こえないのか、もう寝ているのか、壁のむこうからはなんの返事もなかった。
ミミズクが鳴いてる。
と言ってから、一寸先も見えない闇の中で目をこらしてじっと横になっていた。

つむじと
つむじと
つむじでは
ないもの

地下鉄の駅でムジェさんと別れ、お昼ごろ家の近くに着いた。まぶしい日差しの照りつける道をとぼとぼ歩いていった。色の濃い短い影が半熟の卵みたいに少し右側に広がったまま体の動きにあわせて揺れていた。この影が立ち上がってくることだってありえるのだと思ったら、見慣れたはずの商店街の前を通っていつもの路地にさしかかったというのに、まるで別世界に来たような気がした。曲がり角を曲がってとある家の窓の前を通りすぎたとき、テレビの音が聞こえてきた。バレーボールの試合中継のようで、スパイク、と力強く発音する言葉が聞こえてきたが、人の声というよりは電子音ぽい雑音に近かった。スパイク、スパーク、スパイク、と口にしてみながら、また別の曲がり角を曲がった。スパイク、という音を聞くことになるなんて、まったく、なんてことだろ、と考えてからその先のことはまったく思いつかないままポケットに手をつっこんだ。紙きれの端っこが指の先に触れた。取り出してみると森でムジェさんからもらったガムの包装紙をたたんだものだった。親指に力を入れると、かさかさに乾いた耳みたいにぱさっと折り曲がった。

玄関ドアに貼られたピザやチキンのチラシをはがして家の中に入った。一日家を空けていたというのに、何事もなかった。土の匂いのする服を脱いで、タオルを手にして浴室の灯りをつけて中に入った。高い天井に吊るされた裸電球の下で、うつむいて影を見下ろしていた。裸電球の灯りにタイル張りの床だと、もう少し大きく薄く見えるんだ、と思いながら、左足を床から離してみた。左足を下ろして右足を離してみた。右足を下ろしてもう一度左足を上げてみて、両足をいっぺんに離してみようと思ってそっと跳び上がってみた。さらに薄くなり、範囲も広がって、床に足を下ろすと、ぴたっと足にくっついた。素足で二、三回ぴょん、ぴょんと跳んでみて、裸電球を見上げ、熱いお湯で髪を洗った。目元へと流れ落ちる泡をぬぐって、森で、わたしという存在が影に引っ張られて永遠に帰ってこられないとしても、誰かはこの家のドアにチラシを貼りつけ、ピザを売って、と考えた。部屋に戻ってからはお腹に布団をかけて横になった。午後になり、蒸し暑いというのに足の指先が冷えていた。足を北側に向けて寝たからかもしれないと、足を東側に頭を西側に少し動かしてみた。どうにもしっくりこなくて、もう一度動いてからまた動いてみた。動いてばかりいると、本来横になっていた位置に戻ってもどこか落ち着かなかった。羅針盤の針のように、腰の辺りで体を浮かしたままぶるぶる震えているような気がした。一瞬うとうとしたり、目を覚ましたりを繰り返しながら、とりとめもなくあれこれ考えた。

　わたしは、都心にある電子機器類を専門に扱う雑居ビルで働いている。カ棟とナ棟とダ棟とラ棟とマ棟[*1]に分かれているビルは、もともとは分離していた五つの建物だったが、この四十年余りであちこち改築がほどこされ、どこがどこにあったのか、ぱっと見ただけではわからない構造になっていた。ムジェさんとわたしはその建物で出会った。わたしは修理屋のヨさんの作業室で店番とかとちょっとしたお手伝いをしていて、ムジェさんはトランスをつくる工房の見習いとして働いていた。ある日、銅線を巻きなおさないとならない古びたトランスを持って工房に降りていくと、その狭苦しい空間にムジェさんがいた。銅線が巻かれた糸よりをまわしているコンさんの隣で、腕抜きをはめてエプロンをつけた姿で立っていた。古びたトランスを手渡すと、あの重たいのを片手で受け取って、銅線が積んであるテーブルにおろして電話番号と店番号を書きとめた。字がとてもきれいだったこと以外は、印象に残るようなものはない人だった。長い間、工房に出入りし、建物の中を幾度となく上り下りしてきたが、何度か見かけたことはあっても何か特別なものは感じなかった。

　月曜日に会おうと言って別れたから、月曜日に出勤したらムジェさんに会うのかな、と思いつつ、うつらうつらしていた。一瞬びくっとして目を覚ましたときは、日が暮れるころだった。夕陽が部屋の中を満たしていた。お弁当の入ったかばんを森に置いてきたことに気がついた。

＊

影が立ち上がったと言うと、修理屋のヨさんが目を白黒させた。ヨさんは背もたれのない椅子に座って、右手にオシロスコープにつながっている針を握っていた。白髪混じりの灰色がかった髪の毛に覆われたおでこのほうに向かって、一、二度、目を大きく見開くと、わたしを見て言った。

それで、どうなった。

ついて行ったんです、とわたしは答えた。

ついてったのか。

少しだけついて行ったんです。

ついてっちゃだめだろう。

もうついて行かないようにしようと思って。

つむじと
つむじと
つむじでは
ないもの

当たり前だ。

と言ってから、ヨさんはオシロスコープの針を基板に当ててモニターをのぞき込んだ。手のひらほどのモニターの中で、水平に流れていた緑色のしっぽがくねくねと波打った。

影法師っていうのはな、ったく。

と言ってからは何も言わずに、しばらくモニターをじっとのぞき込んでいた。物思いにふけっているのかなと思えば、基板から針を離して別の場所にくっつけたり、作業に没頭しているのかなと思えば、影法師っていうのはな、と突然言い出したりと、微妙な状態で、何かに集中していたかと思うとその少し後に話しはじめた。

それで、ついてった気分はどうだった。

悪くなかったです。

ついついついてっちゃうんですよね、と言うと、そうだろ、とでもいうようにヨさんがうなずいた。

そこが怖いんだ、影に引っ張られるままほいほいついて行くと、なんだか胸がすっとして、頭が真っ白になっていい気分になるんだ、それでついつい、ついて行ってやられちまうんだ、人ってのは気を抜いて油断してるとまぬけになるんだ、一番まぬけな瞬間を狙われる、と言ってから、それまで握っていたオシロスコープの針をそっと作業台の上に下ろした。

見てな、いまに大きくなるぞ。

えっ、大きくなるんですか？

そうさ。

そうしたらどうなるんですか。

濃くなる。引力とでもいうかな、そういう奴さ。

あ。

そう心配することないさ。きつねに噛みつかれたって気を確かに持ってりゃ生き残れるって言うだろ。

……虎じゃなくてですか？

虎ときたか。

虎に襲われたって、気を確かに持ってさえいりゃ、生き残れる。

虎だろうときつねだろうと、と言いながら、ヨさんは、半球形のブリキの笠《かさ》がついた電灯を基板のほうにぴたりとはめながら言った。歯のあるものの前ではとにかくにも気をつけないとならんって話さ。

つむじと
つむじと
つむじでは
ないもの

影法師にも歯があるんですか？

歯のある人間にくっついてる奴なんだから、当然あるだろう？

それが立ち上がってきて、影法師って言うくらいなんだから、そりゃ似てるだろうという話を聞いているとき、お昼ごはん用に注文しておいた弁当が届いた。ヨさんは食欲がないと言って弁当に手をつけなかった。一人で弁当を食べてから、氷でも食べるか、というヨさんのお使いでカキ氷を買いに出かけた。修理室はカ、ナ、ダ、ラ、マ、五つの建物のうちのナ棟に入っていた。北側のカ棟から数えて二つ目の建物になる。何ヶ月も閉めたままになっている店舗がずらずらと並ぶ中に、ぽつんぽつんと営業中の店が入っているせいで、さびれた感じはぬぐえないが、それでも五つの建物の中では一番人の出入りが多いところだった。一年中、日の差すことのない薄暗い駐車場につづく一階では、電気ストーブや扇風機、ラジオといった小型家電を売っていて、二階から四階までは電気機器に使う部品や音響機器、ほうきやモップなどの生活用品を売る狭苦しい店が、これで商売になるのだろうかというような雰囲気の中でなんとか商いを続けていて、修理室が営業している五階は、他の階よりもう少し排他的な雰囲気で、倉庫だとか宝石鑑定だとか無線研究室だとか、何を研究しているのかうかがい知れないものの、ともかく研究を兼ねて盗聴するうさんくさい事務所などが入っていた。

　重たい荷物のせいで磨《す》り減って角がまるくなった階段を下りているとき、自分を呼ぶ声が聞こえた。振り返ると、腕抜きをはめた、作業用のエプロン姿のムジェさんがすぐ後ろから階段を下りてきていた。

ウンギョさん、つむじが二つなんですね。

知ってます。

見たことあります？

いいえ。

見たことないんですか？

ないです。

見る必要もないし、と答えながら、つむじというのは見ようとしないかぎり見られないものなんじゃないんですか、と尋ねようとしたところに、残念ですね、とムジェさんが言った。

つむじと
つむじと
つむじでは
ないもの

ウンギョさんのつむじ、面白い形をしてるのに。

つむじに形があるんですか？

ありますよ。

と言って、ムジェさんが階段を下りてきてわたしの前に立った。ムジェさんがわたしの目をのぞき込んだ。目をそらしたらおかしい気がして、向かい合って見つめ返した。見ていたらそれもなんだかおかしかったが、いまさら他のところに視線をずらすわけにもいかず、ずっとのぞき込んでいた。ムジェさんは何も言わずに笑っていた。

どうして笑うんですか。

笑ってないですよ。

笑ってる。

お昼食べました？

いいえ。

食べたのにそんな返事をしたことに戸惑って、顔がかっと熱くなったまま立っていると、じゃあ食事に行こう、と言うムジェさんについて、また階段を下りはじめた。一階で駐車場を通りぬけて建物周辺に木の枝のように伸びている路地に入った。

さまざまな工具を売る商店や、ケーブルを扱う店を通りすぎて、時計を修理して販売する店などが立ち並ぶ狭い道にさしかかった。店の前に陳列棚を出しておいて新聞を読んでいた男たちが、わたしたちが通りすぎるのをじろじろ見た。何も言わずにムジェさんの後ろをついて行くだけなのもなんだか不自然な気がして、あれこれぽつぽつと話をしているところへ、土曜日の親睦を兼ねて出かけたハイキングの話も出た。

四十六人だったんですって。

何がですか？

山で。ヨさんが言ってたんですけど、山から下りるときに人数を確認したら、確かに四十六人いたそうなんです。

そうだったんですか？

そもそも初めから四十六人で出発したのだし、途中で一人も抜けていないはずだから、誰かが山の中に残っているなんてことは思いもしなかったって。ムジェさん、誰かが二人の代わりをしたってことでしょう？

そうなるんですかね。

影法師だったのかな？

つむじと

つむじと

つむじでは

ないもの

どうでしょう。

誰かの数え間違えかもしれないし、と言いながらムジェさんは時計屋の脇にさっと入っていった。また別の路地なのかと思って足を踏み入れてみると、古びた麺料理屋の入口だった。ムジェさんは、店の奥に座って腕抜きをはずしてくるくる巻くとテーブルの上に置いた。店員が、だしスープの入った熱々のやかんを置いていった。ムジェさんがコップにスープを注いでくれた。塩気があって香ばしかった。ここは冷麺とカルビスープがおいしいんです、と言うのでカルビスープにすると答えた。いざカルビスープが出てくるとものすごい熱さで、冷たい料理にすればよかったと思った。ムジェさんは汗一滴出さずに冷麺を食べていて、わたしは汗を拭きながらカルビスープを食べた。ムジェさんが麺をすすろうと頭を下げるたびに、頭のてっぺんの辺りにお行儀よく巻かれたつむじが見えた。

つむじのことなんですけど、とわたしが言った。

十人の人に、自分につむじがあるとわかっている人、と尋ねたら何人が手を挙げるかなあと。

うむ、とムジェさんが言った。

一人か二人は手を挙げないかもしれませんね。

全員手を挙げるかもしれないでしょう。

それもあるでしょうね。

じゃあ、つむじがあるのを知っている人の中で、自分のつむじをじっくり見たことのある人、と聞いたら何人が手を挙げるかな。

さあ。

ムジェさん、あたしは、つむじはただのつむじだと思ってて、そこに模様があるなんて考えたこともないんです。

つむじはつむじでも、どうしたってつむじとは思えないつむじなんですかね。

どういうことです?

言ってみてください、つむじ。

つむじ。

つむじ。

つむじ。

つむじ。

おかしいな。

つむじ。

つむじと
つむじと
つむじでは
ないもの

つむじ、と言えば言うほど、このつむじがそのつむじじゃないような気がしてくる。

でしょう。つむじ。

つむじ。

つむじっていうのはですね、とムジェさんが言った。

みなそれぞれ違うんですよ。いつだったか本で読んだんですけど、人それぞれ形が異なるそうです。

そうなんですか。

それなのに、それを全部いっしょくたにしてつむじ、と呼ぶから便利には便利ですけど、つむじの立場からしてみたら非常に暴力的なわけでしょう。

つむじの立場？

つむじの立場からすればですよ、なんだよ、あの「つむじ」って奴はどっから見たって俺とは似ても似つかないのに、と。だから、口にすればするほど違いが浮き彫りになって変な感じがしてくるんじゃないんでしょうか。

そうなんですかね。

つむじ。

つむじ。

つむじ。

むずかしい。

むずかしいですよね。

つむじ。

つむじ、つむじ、と言いながらテーブルの角にくっついた乾いたねぎを見つめた。つむじはつむじでも、どうしたってつむじとは思えないつむじなら、いったいつむじとは何なのかと考えているうちに、なんだかちょっと頭がこんがらがってきた。こんがらがった頭のまま座っていた。ウンギョさんて、と、ムジェさんがお箸《はし》でゆで卵を切りながら言った。

ウンギョさんはカルビスープが好きですか。

好きですね。

僕は冷麵が好きです。

そうなんですか。

ほかには何が好きですか。

いろいろ好きですけど。

つむじと
つむじと
つむじでは
ないもの

中でも何が？
これ、というわけじゃないですけど、いろいろ。
僕は鎖骨のくっきり浮き上がった人が好きです。
そうなんですね。
好きです。
鎖骨がですか？
ウンギョさんのことが。
……あたし、鎖骨とかぜんぜんくっきりしてないけど。
くっきりしてなくても好きなんですから、ほんとに好きなんですよ。
そういうことになるんですか。
卵食べます？
はい。

ムジェさんは、半分こにしたゆで卵をつまんでわたしの器に入れると、残りの半分を口に入れた。遠くに見える店内の壁にかかった鏡を見ると、ムジェさんの向かいでわたしは顔を真っ赤にして座っていた。どうしてそんなに汗をかいているのかとムジェさんが尋ねた。スープが熱すぎて、と言いながら、わたしは紙ナプキンで汗の吹き出たおでこを押さえた。

修理屋のヨさんはあずきと氷がよく混ざるように、スプーンでカキ氷を混ぜながら言った。

＊

ウンギョはあずきがわかるか?

あずきは甘いので苦手なんです。

たいして甘くないぞ。

あずきってのはだな、と言いながらヨさんはカキ氷をひとすくいしてから食べるのに一瞬だまって、再び言った。

若いころは、そんなに好きってわけじゃなかった。それが歳をとるにつれてだんだん食べたくなるっていうか、なんていうか奥の深い味してるだろ。甘いっちゃ甘いし、あっさりしてるっちゃあっさりしてる、辛味があるといえばある、香ばしいっちゃあ香ばしい中にもどこかほろ苦さもあるっていうか。蒸し暑い夏には氷あずき、冬の肌寒い日には、もち米と煮込んだあずき粥《がゆ》なんかが食べたくなるんだよ。

あずきでちょうど思い出した話があるんだが、あずきに目のない友人がいたんだ。ちいさなレジスタの工場をやってた。こいつが、自分は学のないのを何よりも悔いてるんだと言って、子どもと奥さんはアメリカにやって、自分はこっちに残って仕送りしてたんだがな。アメリカのなんとかってとこの私立に子どもを行かせてたから、学費に生活費にそれは大変だったはずだよ。それになんだ、通貨価値とかってのあるだろ。ここで稼いだからといっても十倍は差があるから、大変なんてもんじゃないさ。工場のほかにもあれこれいろいろやってるみたいだったな。曲りなりにも工場長だってのに車の一台も持っていなかった。そいつに会うたびに、家族と離れ離れでいったい何やってんだと言うと、はは、と笑うだけでな。飛行機代もばかにならないから、一年に一回、一大決心して年に二回、盆暮れなんかになると会いにいってるみたいだった。

ここまで話しておいて、ヨさんはしばらくカキ氷を食べて、また話し出した。

あれはいつだったかな、たしか新年が明けて間もない日で、夜中の十二時過ぎまでこの修理室で作業してたんだ。三、四日前に入ってきた真空管の状態がかんばしくなくて、その時間まで必死で格闘してたところだった。そんときこの友人が、おい、いるか？　まだいるか？　と言いながら扉を開けて入ってきたんだ。あんな時間にどこで買ったのか、できたてのあずき粥を二つ抱えてさ。食べようっていうから食べたさ。食べながら、そういや年末はあっちに行ってきたのかと聞いたら、行ってきたってさ。そう言いながら聞かせてくれた話がこれだ。あっちは広い、土地も広いし家も広い、子どもたちもみな大きくなった、かなり大きくなっていまじゃ思春期だ、長女のジェニーは十四歳、ある日ジェニーの友達が家に遊びにきたんだってさ、ハイ、ナイス　トゥ　ミート　ユー、とジェニーの友達に挨拶したら、ジェニーがつんとすましてから友達をすぐに自分の部屋につれていったらしい、それから友達がみな帰ってから、こう言ったっていうんだ。パパ、私の友達がいるときは、何も話さないでくれる？　パパの英語の発音おかしいからみんなの前で恥ずかしいと言ったってんだ。そいつも最初はなんのことだろうときょとんとしていたが、少ししてから笑いがこみあげて、後になってそのことが頭からどうにも離れなかったらしい。だからジェニーを呼んでソファに座らせて、苦労して働いてる父親に向かってそれはないだろう、と叱りつけたところ、ジェニーがこう言ったっていうんだ。被害者面しないでよ、あなたが望んだことでしょ、私はこんなの望んでなんかなかった、あなたには、こんなふうに私にお説教する資格なんてないわ、パパだなんて、笑わせないでよ、そばにいてくれたことだってないくせに、とな。

英語でか？

と聞くと、英語で言ったんだと、奴がこころもとなげにうなずいた。

それ全部聞き取れたんか？

と聞いたら、だいたいの勘でわかったそうだ。

こっちのほうが頭にきてかっとなったが顔に出すわけにもいかず、あずき粥をただもくもくと食べながら、で、その話をしにきたんかと訊いたら、両手で顔をごしごしこするんだ。いや、そうじゃなくてと言いながら、このところ影が立ち上がってきて、というわけだ。夜に眠ろうとして灯りを消すと、窓のほうに影が立ち上がっていくんだと。住まいは十三階なのに、どんどん上がってくんだとかなんとか。

そう言うと、ヨさんは暗い表情で口をつぐみ、もうそれ以上話す気はないのか、黙々とカキ氷を食べた。

＊

だから、自分の影が立ち上がったとき、とヨさんが言った。

溶けてあずき水になってしまったカキ氷を最後の一口まできれいにたいらげて、

このあいだお客さんが風呂敷にくるんで持ってきたアンプを一つ直して、送り返すところで出てきた話だった。

わたしはびっくりして言った。

立ち上がったんですか？

立ち上がったとも、俺だって。

ヨさんが、何をいまさらといった様子で目をぱちくりさせながらこちらを見た。

こう見えてこっちだって生きてりゃいろんなことがあったしな、影が立ち上がることぐらいあったっておかしくない。うちの玄関で靴を履いてたときにぱっと立ち上がってきたんだ。ついに来たか、と思ってあの友人のことも思い浮かんで、身の毛がよだつってのはこういうのを見た人が作った言葉じゃなかろうかと思って見てたんだ。すっかりお手上げだからな、影が相手じゃさ。立ち上がったら最後、それはもう引っぱろうとするんだが、こっちが粘り強い性格だったから事なきを得たものの、一歩間違えばどうなっていたか。それより、家族の反応のほうがおかしいと思った。影法師が遠くに行くわけでもなく、家の中をぐるぐるほっつき歩いてるんだが、それが見えないのか、見えないふりをしてるのかわからないんだ。たとえば、この影法師って奴がさ、食事をしている家族たちの隙間《すきま》に入りこんで座ってたりするんだな。そういうときは、みんな自然にその場所を避《よ》けて座ってるんだよ、小鉢やら皿やら、あたらしくご飯をよそった茶碗なんかを渡したりするときも、影法師を避けて腕をのばしたり、話をするときも影法師の左右からお互いを見ようと頭を少しかしげたまま話をしたり。

影法師は見えてるでしょう？

見える。ちゃんと見えてるのに見えないふりしているから、俺が影法師のいる場所を指差して、影だよ、影法師、と言ってもそんな具合なんだ。

ほんのこれっぐらいなんだがな、と言いながらヨさんは虚空をつかむようにして左の親指と人差し指をくっつけて見せた。

顔をしかめて、嫌なものでも見たようにこっちを見てるだけなんだ。そういう具合だから俺はどうでもいいんだな、俺なんかは、影法師について行こうが行くまいがどうでもいいんだな、と思うってもんだろ？　ちくしょう、いっそのこと、ついてってしまうか、となる。

ついて行ったんですか？

ついてったさ。でもそれもうまくいかなくってだな。声がついてくるんだ。

声がですか？

ドウニモ、ドウニモ、っていう自分の声がさ。ともかく、しばらくもしないうちに家に戻ってきたさ。呆れたな。自分は影法師にすらついて行けないのかと。その日の夜、月がそれは丸くて明るくて、クレーターまで全部見えてたな。

　と言いながらヨさんは長いため息をついた。クレーターの輪郭がはっきりした月の浮かんだ夜に、くねくねした影法師を引きつれて家に帰っていくヨさんの姿をわたしは思い浮かべた。

　ヨさんが話を続けた。

　最近も、ときどき立ち上がることがあるにはあるんだが、俺は影法師なんてどうってことないと思ってる。あんなのはなんでもない、と思えば引力だろうが何だろうがなんとかなる。それがほんとはなんでもないものではないんだが、なんでもないんだと思えばときにはなんでもないように思えるし、時間が少し経つとそれが本当になんでもないもののような気もしてくる。影ってのは立ち上がることもあれば、横になってることもある、そうだろ？　もちろん、ちょっとはヒヤッとするさ。なんでもないが、ある瞬間、なんでもないものではなくなってしまったらそんときはもう終わりっていうかさ、はるか遠くまで引っぱられてしまうような感じっていうかだな。

つむじと
つむじと
つむじでは
ないもの

ともかくそういうことだ、と言いながらヨさんは引き出しの中からドライバーを取り出して、アンプの表面についてるねじをまわしはじめた。

＊

修理室には机が二つあった。窓側に置かれているのをヨさんが使い、わたしはその隣に置いてあるほうを使った。ヨさんのスチール机はアンプなどの重さで少し真ん中がへこんでいて、角がゆがんだせいできちんと閉まらない引き出しが三つついていた。三つの引き出しの中で上板の下についている浅い引き出しには何十本ものドライバーが入っていて、机の左側についた残り二つの引き出しには、何が入っている、などと言い切れないほどさまざまなものが入っていた。数年前、修理室で初めてやった仕事は、この二つの引き出しの整理だった。

針金のきれっぱし、ねじ、ドライバーの取っ手、カセットテープ、ラベル、封筒に入った錠剤、処方箋、メモ、鉄粉、電線、どこからか迷い込んだ金属の薄片、ICチップ、基板の切れはし、穴の開いた保存用袋、ボールペンの芯、針、はんだ付けに使う糸はんだ、腕時計、ペットボトルのふた、革ひも、ゴム、ひも、何かを磨いた後に丸められた紙くず、にかわや柔軟剤の入ったフィルムケース、インスタントコーヒーの粉、埃《ほこり》のかたまり、フィルターとの境目で曲がったタバコの吸い殻、からからに乾いたとうもろこしのつぶみたいに転がっている虫、幾重にも折りたたんだ回路図のようなもの以外に、いくら見てもなんなのかわからない乾いたものやら、ブラジャーのホックのようなものが見つかるなど、何がなんだかさっぱりわからなかった。

一番大きくて、一番深くて、一番下にある引き出しには、同じように見当のつかないものと一緒に小銭も入っていた。おつりをもらうと投げ込んでいたというが、雑多なものをひととおり取り出してみると、小銭が引き出しの底で分厚い層をなしていた。床に新聞紙を広げて座り、半日がかりで小銭を分類して数えた。小銭ががちゃがちゃうるさいとヨさんは小言を言ったが、やめろとは言わなかった。午前中にわたしが小銭を数えるのを見ていた周りの店のひとたちが、午後にまたやって来て、まだ数えてるのかと言った。日が暮れる直前になってやっと数え終わった。百三十五万七千六百四十ウォンだった。小銭の種類別に封筒に入れてみると、あまりに重くてアンプを運搬するのに使う台車に載せて銀行に持っていった。小銭を数える機械の前で封筒を開けておき、小銭を流し込んでは待ち、小銭を流しこんでは待ち、小銭を流し込んでは待ちを繰り返して最終金額を確認した、百三十五万七千六百二十ウォンだった。二十ウォンの誤差は飲むことにしてすべて入金した。数年前に中身を出してみて以来、その後一度も整理したことがなかったが、その引き出しにそれほどの小銭が入っているとは思わなかったと、ヨさんは驚いていた。

数年が過ぎると、引き出しは再びごったがえしてきたが、ヨさんはまだだと言ってそのままにしていた。引き出しの状況と修理室全体の状況にこれといった違いはなく、修理室は金属でできたくじらのお腹の中のように暗く、物が無限にあふれていた。別の次元につながった床の一部が若干抜けているため、そのあらゆるものが一瞬にしてどかっと雪崩《なだれ》をおこしたような姿だった。働きだして一年くらいはあれこれ整理しながらすごした、ヨさんがあちこちに出しっぱなしにしておく部品を引き出しやキャビネットに入れてラベルを貼って、電線やねじや工具を分類して集めておいた。修理にやってくる順に適当に入口付近に高く積まれていたアンプなども分けてからもう一度積みなおしておいた。これでずいぶん片付きはしたが、モノの密度は相変わらずすさまじく、修理室に初めて入ってきた人は入口で口をあんぐり開けて立ち尽くし、どこに何があるかどうやってわかるのかと尋ねる人もいたものだった。

ヨさんは三十年以上、この場所で音響機器の修理をしていた。修理の腕前に比べると修理費は安いほうだったが、状況によっては見ているほうがもどかしくなるほどのんびりしたところがあって、気難しかったり、無礼なお客さんに出くわすともめることもあった。ヨさんはそんなお客さんの品物の内側にペイントで小さくしるしをつけておいて、後になってそのお客さんがほかのお客さんを通じてだとか、素知らぬふりをしてまた機械を預けにくると、ふたをあけてペンキのしるしを確認してから、こいつ、これはあんときのあいつのだな、と言いながら楽しんでいるふしがあった。その後は、知らないふりをして機械を修理して返したりしていた。

　何十年も雨風に晒《さら》されて錆《さ》びた窓から外を見下ろしてみると、ムジェさんとわたしがお昼を食べた冷麺屋の近くのうすっぺらいトタンぶきの屋根が見渡せた。ときどきその上を猫たちがのそりのそりと歩いていた。木製の窓枠は真っ黒になってしめり腐っていた。指で押すと濡れたビスケットみたいにくずれた。台風なんてやってきた夜には、老朽した窓枠が強風に晒されてごっそりはずれ落ちて、風に乗って飛んでいきトタンぶきの屋根の上にささっている光景を思うと、眠れないことがたまにあった。

＊

ごめんください。

と言って、ユゴンさんが修理室に突然現れた。

おじさん、二千ウォンだけなんとか貸してもらえませんかね。

何すんだ？

ヨさんが憮然《ぶぜん》としたまま尋ねると、ユゴンさんは白いボタンのついた前身頃を手ですすーっとなでながら言った。

自分で使うつもりなんです。

どこに使うつもりなんだ。

宝くじを買おうと思ってまして。

ったく。

今回こそは間違いないという計算が出たんです。

間違いないっていうその計算、間違わなかったことあんのか。

今回は違います。

何が違うってんだ。

間違いないってところが違います。

と言いながら、ユゴンさんは修理室の隅に置かれた背もたれのない椅子にまっすぐ背筋を伸ばして座り、まとまりのない話を並べたてた。今日は朝から足の指が痛いんです、足の指が痛いときはきまって天気が悪いわけなんです、午前中はそれでもいい天気だったんで油断してたんですが、午後になったら案の定空気が重たくなってきたでしょう、ここに来る道すがら、折りたたみ傘をバケツに二本ばかし入れてある店があったんですけど、あれは売り物なんでしょうかね、この前この修理室に傘を一つ忘れていったようなんですけど、それが今もあるかどうかわかりませんが、残っていなくてもどこかで有益にお使いになったんでしょうから、残念に思ったりしません、残るといえば、二人が食事をしていて卵焼きが一切れ残っていたら、それはほんとに微妙な問題ですよね、卵焼き、お好きですか、僕は好きです、だとかなんとか、聞いていようがいまいがおかまいなしといったふうに話しながら、いつだって手にしているぴかぴかの計算機をひざの上に置いていじっていた。

ユゴンさんは何歳くらいなのか、なかなか見当がつかなかった。若く見えるが、なんとなく昔風の古びた服を着ていたし、服はぼろでもこぎれいにしていて、こぎれいはこぎれいだが、透明の鼻水が出ていても拭かずにそのままにしているときがあるかと思えば、頭がよさそうにも見え、どこか足りないようにも見えたり、空気が読めないようにも見えるかと思えば、ものすごく読めるようにも見えたりした。ユゴンさんは一週間に一、二度修理室にやって来た。ヨさんから聞いたところによれば、彼が十代のころからこの間隔でやって来てもう十年以上になるというから、そうだとすれば三十代から四十代の間ぐらいなんだろうと推測するしかなかった。ユゴンさんはポケットに輪ゴムで括った宝くじの束を入れていた。その宝くじの束に誰かが興味を示すと、熱を帯びたようすで電卓を叩《たた》きながら、何かよくわからない計算を一生懸命してみせて、これを見ろと、こうなって、こうなるから、今週の数字の組み合わせはこうなるはずだと、言った。

人には期待できませんが、宝くじには期待してみる価値がありますよ。

だとか、

二千ウォン貸してもらえませんか。

と言いながら、お金をやれば受け取っていくこともあったが、貸してくれと言っておきながら、金なんか眼中にもないといったふうにあれこれとしゃべり倒していく日もあり、必ずしもお金を借りるために来ているようでもなかった。時には数週間ぶりにやつれた顔で現れて、言葉もなく座っているだけの日もあった。

ユゴンさんは何しに来たんでしょうか、と尋ねると、さびしくて寄ってったんだろとヨさんは言った。

ユゴンさんはさびしいんですか?

さびしいだろうな。

修理室によく出入りしている同じ建物のオーディオ専門店の人の中には、あんな奴に何で金なんてやるんだと言う人もいたが、ヨさんはむしろそんなふうに言ってくる人のほうを警戒しているようだった。

お水をいただいてもよろしいでしょうか。

目が合うやユゴンさんが言った。どうぞという返事を聞いて静かに椅子から立ち上がると、機械の端に体が触れないように注意深く避けながら奥のほうに入ってきた。給水器の上にある棚をのぞき込んでしばらくためらっていたが、紙コップをとりだして冷水を注いだ。そうしてからそこに熱湯を注ぐつもりのようだった。熱湯の出るコックには安全ボタンがついているため両手を使わないとならなかった。ユゴンさんは電卓をつかんでいた手をどうしていいかわからない様子だった。片手に電卓を、もう片方の手に紙コップを持ったままおろおろしていたかと思うと、電卓を脇に挟んでから慎重に指をのばして安全ボタンを押し、ようやく熱いお湯を注いでゆっくり飲んでいる姿を、失礼だとは思いながらも目を離すことができず見つめていた。

こんにちは。

と言いながらムジェさんが修理室に入ってきた。ヨさんと軽く挨拶をかわしてから、修理の終わったトランス二つを床に下ろして、すぐに帰っていった。つむじ、つむじ、と言いながらお昼を一緒に食べて以来しばらく会っていなくて、もう行っちゃうんだ、と自分でも知らないうちに見つめていると、ふと振り返って手招きしてわたしを呼んだ。あたしのこと？　と目で尋ねるとムジェさんがうなずいた。出ていってみた。ムジェさんがエプロンのポケットから丸くてカラフルなものを取り出して見せてくれた。熟した柿みたいに赤くて丸い植木鉢に分厚い葉が二枚顔を出していた。光沢のない、やわらかく加工されたプラスチック製品だった。音を出したり話しかけるとですね、とムジェさんがそれを前に差し出した。

動くんですよ、これ。

眉毛みたいにゆるいカーブの一対の双葉が、おっしゃるとおりとばかりに上下にこくりこくりと動いた。

出勤の途中で見つけて買ったというそれを受け取り、また会おうと言って背を向けて帰ってゆくムジェさんをしばらく見つめていた。手のひらに植木鉢を載せたまま修理室に戻った。いつの間にその場に戻ってきたのかユゴンさんが入口に座ってじっとわたしを見てから言った。

具合悪いんですか？

いいえ。

顔が真っ赤です。

赤くないですよ、と言いながらキャビネットの上に植木鉢を置いた。双葉が几《き》帳面《ちょうめん》に揺れていた。

＊1　カ、ナ、ダ、ラ、マはハングルの順序。五十音順のようなもの。

つむじと
つむじと
つむじでは
ないもの

口を食べる

口

八月には雨が降った。ほぼ毎日のように降っていた。浴びせるように激しく降ったかと思うと一瞬晴れて、じわじわと薄暗くなったと思ったらぽつぽつと降りはじめ、またひとしきりざあざあ降りになり、いつしか小降りになりそれが一晩中続くというすっきりしない日々が続いた。布団がじめじめしてきて、ときどき床暖房をつけて寝た。朝、冷蔵庫の扉を開けるときに青蛙《あおがえる》を見つけた。踏みつけるところだった。親指の爪ほどの大きさで鮮やかな黄緑色をしていた。蛙を捕まえてみた。ほおずきみたいにふっくらとふくらんだお尻に触れてみると、ウプ、とでも言うようにあごをふくらませて手のひらの上で方向を変えた。蛙というのは冷たい生き物だと思っていたが、それほど冷たくなくて驚いた。蛙の足の指は細かく分かれていて小さくて細くて透きとおっていた。踏んづけたらどうなっていたことかと、あらためて驚いた。出勤途中に花壇に生えている猫じゃらしにくっつけてやった。蛙の重さで葉っぱが少し歪《ゆが》んだ。蛙は黙ってうつぶせになっていたが、ふと飛び上がってピョンと草むらの中に消えていった。

バスから降りて傘をぶらぶら振りながら、電子ビルの駐車場を横切った。エレベーターを待っている間に壁に貼ってあるものを何とはなしに読んでみた。電子ビル撤去に関する入居者の対策会議の日時と場所の知らせだった。ヨさんが来るのを待って、撤去について聞いてみると、その話だったら前から出ていたが具体的な話はなかったと答えた。

今回は何か差し迫っているから会議もするんじゃないんですかね、と言っても、ヨさんはまだまだ先の話だとのんびり構えているようだったが、集会の日が過ぎるとまた別の集会の知らせが壁に貼られるようになり、横断幕もかけられるなど、落ち着かない雰囲気だった。

＊

日本酒飲みにいきます？

月曜日ですけど。

月曜日だっていいじゃないですか。

ここのところ雨ばかりで、なんだか心までうすら寒いと言いながら、先を行くムジェさんについて酒を飲みにいった。途中でユゴンさんに会った。マルチタップの入った紙袋を抱え、傘をどこに置いてきたのか電子ビルの入口でうろうろしていた。ムジェさんがユゴンさんに挨拶したのをみると、ユゴンさんはコンさんの工房にもときどき顔を出しているようだった。

僕寒いんです。

ズボンの裾が濡れて、と沈んだ声で言うユゴンさんにムジェさんが一緒にどうかと誘った。バス停の近くの飲み屋に入ることにした。ムジェさんとユゴンさんは熱《あつ》燗《かん》を注文し、わたしはビールを注文した。店員がつきだしとしてきゅうりとわかめの和《あ》え物を持ってきてくれた。ムジェさんとユゴンさんが飲む日本酒にはふぐのヒレが浮いていた。

しっぽですかね。

しっぽみたいですけど。

大きな蛾《が》みたいですけど。

蛾だと思ったらゾッとしますよね。

そう言われるとなんだかあれですね。

コップをのぞき込みながらこんな会話をしてからは、しばらく黙って飲んだ。相変わらず雨が降っていた。足首がしびれてつかんでみると冷たかった。最近はいつも足首を濡らしたまま家に帰っていた。このあいだの蛙はどうなったかな、と考えた。花壇から抜け出さずに元気にしているかな。花壇といっても小さなものだからもうとっくに抜け出しているかもしれない。蛙は花壇の境界というのをわからないだろうから、ぴょんと飛び出して、今度こそは誰かの足に踏まれたかもしれない、死んでいたとすれば、後先考えずに花壇に置いたのが悪かったのかな、と考えているうちに半分を飲んだ。外が見える窓ガラスは水蒸気で白く曇っていた。ムジェさんが指先で窓をこするとガラスの外側についた雨のしずくが見えた。厨房《ちゅうぼう》のほうから野菜を醤油《しょうゆ》で炒める香ばしい匂いがした。いつも手にしている電卓をコップのそばに置いてコップを手にしたり戻したりしつつ、日本酒を飲んでいるとユゴンさんが言った。

ワラジムシ知ってますか?

もちろんです。

ダンゴムシじゃなくてワラジムシです。

え、違うんですか?

違います。

まったく異なる生物です、と言いながらユゴンさんはテーブルの上に小さなまるをいくつか描いた。

ダンゴムシは体をこんなふうに丸くすることができますけど、ワラジムシは体を丸められないんです。僕の部屋にはワラジムシがたくさんいます。どこから出てきたのかわからないんですけど、何気なく見てみるとあらゆるところにひっついてるんです。僕はワラジムシを殺します。

ワラジムシはそんなに害はないとムジェさんが言った。

血を吸うわけでもないですし。

ユゴンさんが顔色を変えてムジェさんを見つめた。

害があるとかないとかいうのは基準の問題です。僕の基準ではワラジムシはじゅうぶん害虫です。事典にも書いてあります。理由を挙げるとするなら、審美的な意味で見た目がよくないという程度ですけれども。ワラジムシというのはものすごく小さいうえにいくつも足があってやたらせわしく動きます。そんな生物が僕の寝ているうちに耳に入ってきたりしたらやっかいじゃないですか。

そんなに耳に入ってきたりするんですか？

と聞くと、万が一、と言いながらユゴンさんがわたしを見つめた。そういうこともありえるということです。僕は耐えられません。耳に入ってくるなんて思ったらもう。だから僕の部屋では聖書には触っちゃいけないことになってます。

聖書ですか?

それを使って殺すんです。聖書がちょうどいい厚さでして、狙いをつけた距離のぶんだけ飛んでってくれます。壁だろうと天井だろうと問題ありません。こうやって広げてから投げればいいんです。

と言いながらユゴンさんは本を広げて見せるようにして、テーブルの上で両手のひらを広げながら言った。

こんなことが繰り返されると、聖書だろうと壁だろうとそりゃあ汚れてきます。聖書はページが多いのに比べると、壁はそうじゃないですから、周期的に壁紙を新しくしてやらないとなりません。

なるほど。

めんどくさいったらありゃしません。

スーツ姿の人たちががやがやと店の中に入ってきた。傘をふるい、傘をたたみ、こっちよりあっちの席のほうがいいとかなんとか、しばらく入口でああでもないこうでもないとひとしきり騒いでから奥の席に入っていった。彼らが雨に濡れた繊維の匂いをさせながらわたしたちのそばを通りすぎたとき、頑丈なつくりのかばんの角がぐんと近づいてきた。それを避けようと片側の肩をすくめたときにムジェさんがわたしに向かって言った。

ウンギョさん、最近影はどうです。

影ですよ。

これといって何も、立ち上がる気配もないし、もうそのままってかんじです、と言うと、気配があってもついて行ってはだめだとムジェさんが言った。

ついて行きませんよ。

と言ってからグラスを口元にあてると、こちらをじっと見ていたユゴンさんと目が合った。

影が立ち上がったんですか?

はい、どういうわけか。

そうですか。

僕もときどき立ち上がってきます、と言いながらユゴンさんがコップをすこし前のほうに傾けた。乾杯しようという意味かなと思ってグラスを近づけると、どうやらそうではなかったらしく、びくっとして驚いた顔をしていた。ユゴンさんは眉間に少ししわをよせたままコップをなんとはなしにいじってから手のひらで包みこむようにしてコップを引き寄せた。

＊

ところでですね、とユゴンさんが言った。

ワラジムシってほんとに噛まないと思います？　口があるのにそんなはずはありません。口があるということは、絶対に何かを噛むという意味なんですから。

＊

十一歳のときでした。父が亡くなりました。圧死でした。彼はマンションの建設現場で働いていました。タワークレーンの柱が三十メートルの高さから体の上に落ちてきたのです。死亡は確実でしたので、三時間もその柱をそのままにしておいたそうです。母は死体を見るまでは信じないと言い張りましたが、結局父の最期の姿を見るために現場へ行きました。僕は喪服を着たおばの隣に座っていました。当時僕はまだ幼かったですが、この葬儀に関しては細かいところまではっきりと覚えています。葬儀場の広い床に立ってみるとびっくりするくらい冷たかったこと、後になって母が葬儀場に戻ってくると不思議なほど落ち着いて座っていたのに、僕に話しかけようと服の裾を引っぱっりだしたこと、そして僕の服の裾は引っぱられるままに静かに引き寄せられていったこと、母が僕のほうに体を向けたとき、彼女の首に小さな汗のしずくがついていたこと、彼女が着ていた喪服からアーモンドを炒ったような匂いがしたこと、喪服のチマ[*1]を結びつけておくひもがほどけて片方の胸元に垂れていたこと、ほどなくして彼女が言った言葉、あれはお前のお父さんじゃない、お母さんのことをよく思わない人たちがあの人をどこかに隠して、お前のお父さんだといって豚を一頭置いていったんだよ、という話を聞いて、僕が即座に冷たい金属のベッドに横たわっている一頭の豚をイメージしたことなどです。

死んだ人たちと彼らを包んだ布に幾度もこすれて、磨り減って、てかついた金属のベッド、というものを僕はそれまで見たことがありませんでした。実際には一度も見たことのないそうしたモノの輪郭やら感触といったものをどうやってそんなにはっきりと想像できるのでしょうか、と今でも僕は不思議に思っているのです。

弔問客は大勢いました。カトリック信者たちが途絶えることなくやってきました。

彼らが死んだ人のために朗誦《ろうしょう》していた祈禱《きとう》が輪唱のように、いつまでも聞こえてきたことを思い出します。入棺の日、人々はろうそくを手にして父が安置されている部屋に入っていきました。父はすでに麻でできた服[*2]を着せられていましたし、手や顔なんかもすでに布でまるく巻かれていました。あまりに人が多くて、僕は後ろのほうにいて中に入れませんでした。僕は目の前をふさいでいる人たちの中で、誰が父と親しかったのか見分けることができませんでした。大部分は知らない顔ばかりで、もしかしたら、必死になって人をかきわけて中に入っていこうとした人たちのうちの幾人かは、ただ不幸な遺体の傍《そば》で霊感か何かを得ようとしてるだけなのかもしれないと思ってしまうほどでした。自分の立っている場所からは、汗の臭いのする黒い上着を着た一人のおばさんの腕の向こうに母の横顔が見えるだけでした。母は親戚に両脇を支えられながら立っていましたが、両手はろうそくを握っていて、そのろうそくがあまりにも傾いていて、実際にはかなりの距離があったにもかかわらず、僕は、ろうそくの火が木棺に燃えうつるのではないかとはらはらしながら見守っていました。

　葬儀が終わってから母はしばらく病院に入っていたのですが、影法師を背負って家に帰ってきました。その影法師は母の背中にくっついたままですでにかなり大きくなっていて、なんとも表しがたい濃い色を帯びていました。そこまでぴったりくっついていると、影法師が母にくっついたのか、母が影法師にくっついたのか見分けがつかない状態でした。当時、母と僕の面倒をみるためにおばが家で寝泊まりしていました。おばと僕は二人で母の背中をほうきで掃いてみたりもしましたし、大声を出してみたり、あずきを投げつけてみたり、あらゆる努力をしてみましたが、そんなことは影法師にはなんの意味もないようで、コワイ、コワイと言いながら怖そうなそぶりすらうかがえませんでした。母は風呂にも入らず、ろくに食べもしないで影法師と一緒にじっと部屋の中にいました。

ある日、みなの気分転換になるのではないかとおばと僕は掃除をしました。僕は冷蔵庫のすみっこにお弁当箱ぐらいの金属の箱を見つけたんです。どれくらいの間、そこにあったのかわからないけど、とても冷たかったんです。ふたを開けてみると口紅が何本か入っていました。ずいぶん古く、しずくがついていてところどころにカビのような薄い膜のかかったピンクと赤、オレンジ色の口紅でした。おばに見せると捨てるように言われ、僕は何も考えずにその箱を家の外に捨てました。そうしてから僕らは二人とも、そんな箱があったことすら忘れていました。

ある日のこと、母がその箱を持ってくるように言いました。僕たちは最初、なんの箱のことなのかわからずきょとんとしていました。説明を聞いてみると、あの箱のことだとわかり、数日前に捨てたと言うと、誰が捨てたのかと尋ねられ、僕が捨てたと答えました。持ってきなさい、と母が言い、次の瞬間からはもう、同じ言葉の繰り返しでした。自分が捨てるように言ったのだとおばが言いましたが、母は一瞬も僕から視線をそらしませんでした。影法師をおぶったまま目を光らせて、持ってきなさいと言いました。

持ってきなさい、と彼女が言い、モッテキナサイ、と彼女の影法師が言います。モッテキナサイ、と彼女の影法師が言い、持ってきなさい、と彼女が言います。モッテキナサイ、持ってきなさい、と影法師と彼女が交互に言ううちに、母の声はすこしずつか細くなって消え入り、それでも影法師が母の右肩の近くに頭とおぼしき丸いものを載せてモッテキナサイ、モッテキナサイ、と言っています。口なのか、黒いものの真ん中にくぼんだ小さな穴を開けたり閉めたりしながらモッテキナサイ、モッテキナサイ、と言っていて、続いてほかのことを言いはじめます。その言葉はもはや言葉ではなく、奇妙な発声法の、まるで発声自体が目的のような、ミミだとかカカとかいう音にすぎませんでした。数日前に捨てた箱のようなものはすでに数日前にどこかへ消えてしまっていたのですから、どうしたって持ってくることができないと、おばが詫《わ》び、僕が詫び、しまいには二人で土下座しながら詫びても許してもらえませんでした。僕は床から母と彼女の影法師を見つめていました。そのころ、影法師は黒々としたぐにゃっとしたシルエットで母の体を隙間なく覆っていたのですが、母はそれを知ってか知らずか、我関せずとばかりに影法師をそのまま放っておいたまま、ときどき口を開いてミミとか、カカとか言いながら、影法師の言葉を繰り返します。僕はその口も見ました。どこまでも無気力な口、影に圧倒されてしまった口、影が出入りして舌が黒く染まったのを知らず、小さく開いたり閉じたりする彼女の口を見ていました。どのくらいそれを見ていたのかはわかりません。影が、と言っておばが呼ぶ声に振り返ったときに見たのです。玄関に向かって延びた僕の影の端の部分が、紙の耳を折ったように地面からまっすぐに立ち上がったまま風にはためいていたのを。

＊

あの時が初めてでした。

とユゴンさんが言ったとき、奥の席で人々がテーブルを叩きはじめた。五人グループのうちの一人が立ち上がって大きなジョッキに注がれたビールを引き寄せていた。ゆるめたネクタイの結び目がワイシャツの三つ目のボタンのところまで下がっていて、重たいジョッキを支えていた手首には血管が浮き出ていた。彼は左手で腹を押さえながら一気にビールを飲み干すところだった。彼がとうとうジョッキの底にごくわずかのビールを残してジョッキを置くまで、彼の仲間たちは五つだか八つだかのこぶしでもってゆっくりとそして徐々にリズミカルにテーブルを叩いていた。ムジェさんとユゴンさんとわたしは黙ってそちらを見た。店員たちもカウンターにひじをついて立ったまま、手持ち無沙汰な表情で彼らを見つめていた。

帰らないとです。

という言葉に振り返ると、いつのまに立ち上がったのか、ユゴンさんが紙袋を抱えて立っていた。

もう少し飲んでからにしましょう。

とムジェさんが引き止めるのを、こんな話をしてると影が湧いて出てくるような気がして、と断り出ていった。傘も断って、雨の中に出ていく彼を見送ってから、しばらくはムジェさんと二人残っていた。ユゴンさんが残していったコップの中にはふぐのヒレが濡れたまま入っていた。

口

ムジェさんは、酒が冷めてしまったせいで終わりのほうは生臭いと言って少し残した。雨は街路灯に近づかないと見えないほどか細く降っていた。ひさしの下でそれぞれ傘を広げて地下鉄の駅に向かって歩いた。酔いがまわったのか力の入らない手で傘をしっかり握ろうとしながら、赤茶色に濡れた道を歩いていった。街路灯に加え、遅くまで開いている店の灯りを受けて影が広がった。ちらっと重なっているが、傘の影とわたしの影の濃度は微妙に違った。影というのは夜でもなかなか消えないのか、と思いつつ足もとを見下ろしながら歩いていた。ムジェさんが何をそんなにじっと考えているのかと訊いた。

べつに、とわたしは言った。

何か面白いことをしたいのに、これといって思い浮かぶこともないな、って意気消沈してたところです。

じゃあ、あそこにちょっと座ってから帰りますか？　とムジェさんが指差した方向を見ると、大きなビルの前にある藤棚の下に社員用の休憩スペースのような場所がつくってあった。

椅子が濡れてると思うんですけど、大丈夫ですかね？

と尋ね、それよりあそこに座ったからって面白いのだろうかと思っていると、ムジェさんがそちらのほうに歩いていって、長椅子をチェックしてからわたしを呼んだ。こっちは大丈夫です、と言われるままに座ってみると、座った場所はそれほど水気も感じられなかった。ムジェさんが隣に座った。藤棚の下で並んで傘をさして座っていた。雨水の溜まったレンガの地面に濡れた藤の花があちこちに散らばっていた。藤棚の屋根から傘に向かってときどき雨のしずくが落ちてきた。ポツ、ポツという音を傘の中で聞いていると、面白いかどうかはともかく、意気消沈していたのはいくらかやわらぐようだった。

歌いましょうか。

ムジェさんが言った。

ウンギョさんはどんな歌が好きですか？

七甲山《チルガプサン》*3が好きです。

それは歌えないな。

七甲山知らないんですか？

知ってるけど歌えないんです。

どうしてです。

豆畑、のところで胸がつまるから。

胸がつまるから？

豆畑で草取りをする女がチョゴリが濡れるほど泣いていて、豆株ごとに涙を植えながら畑の草取りをしているというし、鳥が鳴くだけの山里にひとり母を残して嫁いできたというし……

なるほど。

黙って夜道を眺めた。ヘッドライトを点けた車が黄色く雨筋を照らしながら通りすぎていった。藤の葉を茹《ゆ》でると、とムジェさんがふと言った。

湯がいてその茹で汁を飲むと、冷めた夫婦仲もまた元どおりになるらしいですよ。

そうなんですか？

いつか、僕たちの仲がうまくいかなくなったら、茹でて飲んでみます？

という言葉に面食らって、うちらは夫婦でもなんでもないのにとうやむやにしたらムジェさんが傘の中でにこっと笑った。わたしはコホン、と咳《せき》をした。

夫婦仲のことはともかく。ムジェさん、座ってたらなんだかお腹もあったかくなっていいですね。

ええ。

なんとなくいいですね。

と言って夜を眺めながら座っていた。

＊

その日から何週間もムジェさんと二人では会えなかった。

梅雨明けが近づいてくると、修理室に機械が押し寄せた。いろんなところの壊れた機械の中でトランスを修理しないとならないものはほとんどなく、工房に持っていく用事はなかった。ムジェさんが二、三回、修理室に来たものの、あちらも仕事が立て込んでいると見えて、用件だけ済ませるとさっさと戻っていった。通りすがりにちらっと立ち寄ってみると、コンさんだけが糸車を回していたり、タバコを吸っているだけでムジェさんの席は空いていた。

僕は風邪をひきました。

ある日はユゴンさんがやって来てこう言うと、またあれこれ話してから、この前の飲み代だと言って板チョコを五枚置いていった。

＊1　韓服のスカートに当たる。

＊2　寿衣（スイ）と呼ばれる死装束。

＊3　七甲山は忠清南道（チュンチョンナムド）の青陽（チョンヤン）にある標高五百六十一メートルの山。火田民（山の斜面で焼畑農業をした人々）の生活をつづった歌で、作詞・作曲は詩人のチョ・ウンパ。

停電

雨が止んでからは蒸し暑い日々が続いた。真っ青な空は突き抜けそうなほどで、雲もまっ白で厚みがあり、眺めている分にはよかったが、いかんせん昼も夜も蒸し暑かった。日向《ひなた》を少しでも歩くとじとっとした汗が吹き出て、おでこがひやっとして嫌な感じがした。日曜日には気分転換でもしようと自転車に乗ってはるばる川辺まで出かけたが、父の住む家のほうに方向を変えた。足の力を抜いてゆっくりペダルを漕《こ》いでいたのを、ぎゅっぎゅっと力をこめた。バス停三つ分の距離を走って父の家に到着した。少し前に囲いを取り壊してから片付けていなかったせいで、庭先がごちゃごちゃしたままだった。水道管に自転車をつないで鍵を使って家の中に入った。ただいま、と言ってみても何の返事もないのをみて父が家にいないことを確認した。つり道具を持ってどこかに出かけたようだった。

窓とドアをすべて開け放って、さほど散らかっているわけでもない家の中を掃除した。父の家は南向きで日当たりがよかった。床をほうきで掃くと埃が丸まって舞い上がった。淡水魚の臭いがして浴室の扉を開けると、大きなゴム製のたらいが三つ床に置いてあった。魚がいっぱい入っていた。一つにはフナ、もう一つにはドジョウ、残りの一つには他の二つよりもずっと余裕のあるスペースにナマズが何匹かじっとしていた。子どものころから見てきたせいで、いまさら驚くことは何もない光景だった。かがみこんでたらいの中をのぞき込んで見た。フナの何匹かはすでにひっくり返って銀白のお腹を見せて水面に浮かんでいた。周りのタイル張りの床には小さめのフナが一匹はりついていた。空気に晒されたうろこや透きとおった目はすでにぱりぱりに乾いていた。脚がしびれたので少し移動してドジョウの入ったたらいをいじってみると水面がぶくぶくと泡立った。じっと見てからほんの少し手を入れてみた。水はぬるぬるしていた。

あからさまに態度には出さなかったものの、わたしは父が生きている魚たちをこんなふうに浴室においておくのが嫌だった。三、四日すると父が釣ってきた魚のせいで家中が生臭くなったり、顔を洗おうと思って水道の蛇口や洗面台に触れると魚のうろこが手にくっついたり、用を足そうと便器に座ったらタイルの壁に乾いたうろこを見つけたり、夜になって電気を消して部屋で横になると、魚たちがパクパク窒息していく音が聞こえてきたりするのも、どれも耐えがたいものだった。

お父さん、お父さんってば、いったい誰に食べさせようっていうの?

幾度となく、そう尋ねながら、なんとかしてほしいとさりげなく訴えてみたこともあったが、父は返事もせず聞き流して終わりだった。

わたしはこの父の手で育てられた。

お弁当はまじめに作ってくれはするもののおかずはたくあんだけ、という具合で無頓着といえば無頓着だし、元来ぶっきらぼうだといえばぶっきらぼうといえる、そんな育て方だった。これといった会話もない親子だった。子どものころ、お正月やお盆に父方の親戚が集まると父に熱心に再婚を勧めていたものだったが、本人はめんどくさいといったふうでさりげなく席をはずし、それ以上話が進むことはなかった。母はわたしがずいぶん幼いときに家を出ていったこともあって、母について知っていることはさほどなかった。料亭で働いていた人だったということ、ある日父が突然彼女を連れて登場し、家族みんなが驚いたということ、その後、結婚式も挙げないまま暮らしたということ、あまりにきれいであまりに若くあまりに胸が大きくて、みんなが心配したとおりほかにいい人ができて逃げてしまったということなどはどれも親戚の会話の断片を集めたもので、自分で覚えていることはこれといってなかった。おぼろげな記憶ですら、はっきりこれ、と言えるようなものはなかった。二、三回つかんでみたことのある更紗《サラサ》のスカートの裾の感触、ガムの匂い、バスに乗るときにわたしの手をにぎって力強く引き上げていた細い腕、といったようなものをおそらく母に関する記憶なのだろうと思っている程度だった。彼女は家を出ていった際に、ボール紙でできたおしろいの外箱を空けてヘアゴムをひとかたまり入れておいた。プラスチックのいちご、にんじん、すいか、紫の花などがついたゴムひもだったのだけれど、どれも失くしてしまって今は何も残っていなかった。

掃き掃除を終えてドアを閉めようと外に出てみると、階段に黒いものが腹ばいになっていた。

セミだった。お腹がふくれていて片方の羽の先っぽはちぎれていた。死んでるのかな、と思ってよく見てみると、触ったら承知しないぞとでも言いたげに短くて丸い胸と頭を持ち上げた。

＊

知り合いの知り合いのそのまた知り合いを通じてヨさんの修理室の仕事を見つけてくれたのは父だった。わたしは十六歳のときに学校を辞めた。いじめに遭ったのだ。時には、子どものやることだからと簡単には片付けられないことにも遭遇した。

いじめているほうにも、いつかいじめることに飽きる日がくるだろうと思って学校に通い続けていたある日、道端で同級生に出くわした。道のむこう側から歩いてきていた。いじめっこ集団の中でもかなり目立っていた子だったので、わたしは絶対にいいがかりをつけられるだろうと思った。緊張したまま顔をあげて歩いていったが、いざあっちはというと気恥ずかしそうにうなだれて通りすぎていった。そのときは、そんなものかと思ってただ通りすぎたものの、翌日集団に混じってこれみよがしにいじめてくる彼女を見て何かがぷちっと切れた。こんな異常な悪意を気にしないふりして耐えても意味がないと、群れの中でもうこれ以上無理したくないと思うに至って、かばんを手にして学校を出た。みんなばかじゃないの？　ばかみたい、と思いながら家まで歩いてきてから、夕方になってもみんなばかじゃないの？　ばかみたいと思っていて、翌日からは学校に行かなかった。通学時間になっても家でじっとしているのを見ても、父は何も言わなかった。そんな日がほぼひと月近くなると、むしろわたしのほうが黙っていられなくなって、もう学校には行かないと言ったものの、父はそうか、としか言わなかった。

働いてみたいと言っても、そうか、としか言わなかったし、近所に部屋を借りて荷物を送った後に玄関で「それじゃ」と言ったときも、そうか、としか言わなかった。

遠くからジーという音がしていっせいにセミたちが鳴くと、階段のほうでク……とあとに続いて鳴いた。

冷蔵庫にあった朝鮮かぼちゃでかぼちゃ汁を作った。ざく切りにしたかぼちゃを炒めてからアミの塩辛で味付けをして水を注いだ。三、四回は食べられるだけの分量をいれてから煮立つのを待って自分の分を一杯よそった。にんにくの醤油漬けとキムチを出してきて父のいない父の家でかぼちゃ汁でごはんを食べた。開け放った窓から外を見下ろした。頭巾をかぶったおばさんが水タンクを積んだリアカーを引きながら山の湧き水の出る場所に向かって斜面を登っていた。遠く高い場所でセミたちがめいっぱい鳴いていた。階段のほうからもク……と聞こえてきた。気力がなくまともに鳴くこともできないようで、二、三回鳴いてやめると、もうそれ以上鳴かなかった。

食器を拭いてから外に出てみるとひっくり返っていた。

それじゃ、と言ってドアを閉めた。

＊

カ棟でうちの修理室と似たような規模の修理室を営んでいるパクさんがやって来た。真空管アンプを二つリアカーから降ろしながら、ここ何日も様子を見てるんだがどうにもならなかったとヨさんに助けを求めに来た。二人がアンプをのぞき込みながらああでもないこうでもないとやりとりしている間、わたしはパクさんの連れにぼろぼろではあったものの椅子を勧めた。上品で落ち着いた感じのおじいさんだった。椅子が汚れているのも気にせず姿勢を正して座ると、二人の技師の様子を見つめていた。ヨさんはアンプを放っておいてパクさんにカ棟の撤去について尋ねた。カ棟ではもういくつか具体的な話が出ている様子だった。事業者登録証をもたずに営業していたテナント入居者たちにも移転費用が支払われ、完成工事の真っ只中《ただなか》にある臨時店舗に入る場合、当面は管理費だけ払えば営業できるようにしてくれるといった条件が提示されたというのだった。一見すると悪くない条件のようでも、臨時店舗として与えられる建物をめぐっては、当の商人たちでさえそれがどこにあるのかもわからないような状況で、ヨさんは懐疑的な様子だった。それで臨時店舗に行くのかとヨさんが尋ねると、パクさんはそのつもりだと答えた。

そっちには何があるんだ。

何もないさ。

なのになんで行くんだ。

そのうちできるだろう。

こんな会話が交わされているとき、パクさんの連れのおじいさんがこちらのほうに体をむけて言った。

外にいたおばあさん見ませんでした？

おばあさんなんていたっけ？　と思いながら見かけなかったと答えると、パクさんがこっちを向いて、お母さんは家にいますよ、お父さん、と言った。びっくりしているヨさんにパクさんがおじいさんを紹介した。うちの父なんだが、最近どこかで影を半分以上もがれてからというもの、ときどきちぐはぐな言動をするようになって、家にずっと一人で置いておくわけにもいかず、影の代わりに刺激になるかと思ってこうやって一緒につれて歩いているということだった。話を聞いてから見てみると、おじいさんの足元だけ影の濃度が一際薄かった。ヨさんが挨拶をすると、丁寧に挨拶に応えて微笑みを浮かべる姿にこれといって変わったところはなかったが、少しすると、きょろきょろしながら立ち上がって修理室の外に出ていく彼をパクさんが追いかけていき、手をつかんで戻ってきた。母さんは家だって、父さん、というパクさんの言葉に、いや、わしはばあさんを探してるんじゃなくて、わしの影を言い返しながらも、パクさんが導くまま椅子に座ってからは、たった今どこかに行こうとしたことなどすっかり忘れたようにしゃんと座っていた。パクさんとヨさんは再びアンプに戻って、あれこれ意見を交わしていた。わたしは、ときどきパクさんのお父さんと目が合った。目が合うと彼が何かを尋ねてきた。昨日の天気だとか、お気に入りのヴィンテージのアンプにまつわる話もあったが、そうするうちに一度か二度は、さっきまでここにいたおばあさんはどこかと尋ねることがあって、そのたびにパクさんが家にいますよと言った。

中年のおじさんになった息子の手を握っておとなしく修理室を出ていく老人を出入口まで見送ってきてから、ナ棟の番になったらどこへ行くのかと、わたしは尋ねた。

ダ棟だろうな、とヨさんは言った。

場所空いてますかね？

と尋ねると、ナ棟がこんなにがらがらなのにダ棟だって同じに決まってると、がらがらすぎても問題だがこの辺りで三十年商いを続けてきたのに、今になって突然別のところに移るわけにはいかないと言ってヨさんは頭をかいた。

この日、一階に下りていったときにムジェさんに会った。呼ばれた声に振り返ると、駐車場の向かい側にムジェさんがいた。急ぎの用事があるようで、重たげな荷物を抱えて立っていた。左右を見渡しながら駐車場を横切ってムジェさんが言った。

久しぶりですね。

ええ。

電話してもいいですか?

してください。

じゃあ番号教えてください、と言うムジェさんに電話番号を書いてあげようとしたものの、わたしもムジェさんも書き留めるものを持っていなかった。わたしは電話番号を二回言って、覚えられるかと尋ねた。

覚えますよ。

電話しますから、と言って歩いていくムジェさんをしばらく眺めていた。

それから数日が過ぎても電話はかかってこず、なんだ、もういいもん、とわたしは一人ですねていた。

＊

コップを拭いていると停電になった。

突然灯りが消えた。

ブーンとモーターが空回りする音がして冷蔵庫も止まった。外も灯りが消えたようだった。静まりかえっていた。わたしは手にしていたものをまず下ろしておこうと思い、棚と思われる位置にコップを置いた。見当はずれだったのか、コップが床に落ちてものすごい音を立てて割れた。しばし凍りついたまま立ち尽くしていた。床に破片が散らばっているのは間違いないのにほとんど見えなくて、どの方向にどう動けばいいのかわからなかった。ガスレンジの火でもつけてみようとしたが、その灯りでは床を確認することはできなかった。どこかにろうそくがあるかも、と考えてみるものの、そもそもろうそくなんてものを買っておいた記憶がなく、情けなく思ってガスを消した。手に握りしめた布で足元を拭きながら少しずつ移動した。ふくらはぎがずきずきした。ずきずきするのを我慢して前に進んで、部屋に入る敷居のもりあがった部分にたどり着いて止まった。敷居におでこをあててうつぶせになった。もう動きたくなかった。破片が刺さったのか足のすみっこがちくっとして、ふくらはぎもいつものようじゃなかった。血が出ているような気がして手のひらをあててみると、はたして血なのか汗なのか、ぬるぬるしたものが広がっていた。手のひらでずきずきする部分を押してみた。うつぶせになったままじっとしていた。ケガしたまま暗闇の中でうつぶせになっていると背中がひんやりとして、影が立ち上がるような気がして顔をあげられなかった。もしかしたらもう立ち上がっていて、暗闇のどこかすみっこでそっと溶けているかもしれないと思うと、暗いのがもっと暗く思われて怖かった。ろうそく一本買っておかずに自分は何をやっているのかと、怒りに似たものがこみ上げてきては静まり、はっきりとどこだとは言えないところがかゆくなってきて、嫌になってめそめそ泣いたり泣き止んだりしているうちにさらに気が滅入《めい》っていった。

部屋の敷居に鼻先をつけたまま木目と思われる暗い染みを見つめながら、濡れたような乾いたような敷居の匂いをかいでいた。いっそのこと、と思った。暗いものになればすでに暗いのだから、暗いものを暗いと思ったり、怖いと思ったりしないんじゃないか、きっと絶対そうなんじゃないか、暗くて、なんでもないものになったらどうだろう、そうなったら、それは何になるんだろう、なんと呼べるんだろう、もういいや、知らない、知らない、知らないくらい暗くなっちゃえばいい、この際、と思いながら目を開けていると、着信音が鳴った。音のするほうに向かって動いた。低い棚を手探りして電話を引き寄せると、棚に置かれていたこまごましたものが床に落ちた。うつぶせになったまま電話に出ると、ムジェさんだった。ちょっとかすれたような声でウンギョさん、と言うと、ムジェさんは咳をした。

そっちも停電ですか？

ええ。

真っ暗です、ここも、と言ってからしばらく黙っていた。

ウンギョさん、とムジェさんが言った。

どうして泣いてるんです？

泣いてませんけど。

泣いてますよ。

ほっといてください。

怖いの？

はい。

ばかみたいだな。

ばかじゃないです。

ばかですよ、と言ってムジェさんはため息をついた。

ムジェさん、とわたしが言った。

はい、とムジェさんが言った。

切らないで。

切らないですよ。

ばかって言ってもいいから切らないで、と言ってから、ムジェさんのほうから聞こえてくる音に耳を傾けていた。

＊

歌、歌いましょうか。
そうしてください。
何の歌にしましょうか。
靴の足跡。[*1]
ウンギョさん、それ何ですか。
真っ白い雪の上に靴の足跡。
パドゥギと一緒に歩いた靴の足跡。誰が、誰が、夜中に出かけたの。
……

だめです。

どうしてですか？

胸がつまって。

これもですか？

夜中に旅立つのにパドゥギだけ一緒に行ったっていうし、足跡だけ残ってたっていうし。

じゃあ、いいです。

でしょう？

全部歌っておいて。

別のにしますね。

じゃあ、お話ししてください。

どんな話を？

少年ムジェの話。

どこまで話しましたっけ？

少年のお父さんが死にました、どうなったんですか、その後。

少年が暮らしていました。

はい。

少年の名前はムジェ、と言ってから、ずいぶん長い間、黙っていたムジェさんが言った。

やめときます。

どうしてです。

こんな夜にこんな話はあまりにも奇妙ですからね。

何が奇妙なんですか？

父親が死んで借金を残して、少年は借金を返しながら大人になっていく話ですから。

そういう話なんですか。

借金を返すために借金をして、借金の利子を返すためにまた別の借金をして、全身全力で、その隙に生活費のための借金がどんどん膨れ上がっていくことの連続。

……

ウンギョさんが一つ話してください。

それほど奇妙じゃないもので、とムジェさんが言った。

……じゃあオムサの話を。

オムサ？

ムジェさん、オムサ知らないんですか？

ええ。

オムサって言って、おじいさんが電球を売ってる店なんですけど。電球といってもいわゆる裸電球みたいなのじゃなくて、一つ二十ウォン、五十ウォン、百ウォンとかの電子製品に使われる小さな豆電球のことなんですけど。オムサでそういう電球を買うと、いつも決まって一つ余分に入ってるんです。二十個買うと二十一個、三十個買うと三十一個、五十個買うと五十一個、百個買うと百一個、という具合に毎回買うたびに一つ余分に入ってるんです。

数え間違いじゃないんですか？

あたしもそう思ったんです、たった一つなんだけどいつも必ず一つ余分に、というのが繰り返されるのを見て偶然じゃないと思うようになって、ある日、聞いてみたんです。おじいさんは、電球を数えていたのをやめてあたしをじっと見つめて。何か悪いこと聞いちゃったのかなと思って緊張して、よく見てみると、口を少しずつ動かしてるんです。何か話そうと必死になっているような。そうしてだいぶ経ってから言うには、帰り道に割れることだってあるだろうし、不良品がまぎれてるかもしれないし、オムサは遠いからお客さんが行ったりきたりしなくてすむように一つ余分に入れておくんだって言うんです。それを聞いてなんていうか、純粋に心が動かされたっていうか、なんでかっていうと、ムジェさん、1+1《ワンプラスワン》みたいなのもあるでしょう。ディスカウントスーパーなんかには、ムジェさんもそういうの買ったことあります？

ときどき。

一つ買うとおんなじのがもう一つついてくるっていうのを買うと、得したような気がするけれど、それは思いやりだとか気遣いだとかいう感じはどういうわけかしなくて。

言われてみれば。

オムサの場合はちっちゃくて安いたった一つの電球だけど、とても大切なおまけをもらったような気がして、嬉しかったんです。

なるほど。

……

……

ムジェさん。

はい。

……

……

今度はムジェさんが話してください。

いっそのこと歌うことにしますよ。

歌でもいいです。

真っ白い雪の上に靴の足跡……

胸がつまると言っておきながら、わびしい山道に靴の足跡、とムジェさんは最後まで歌った。

もう一回と言っても、歌えないとは言わずに、真っ白い雪の上に、と淡々と歌っていた。

＊1　一九五三年に発表された童謡。作詞キム・ヨンイル、作曲ナ・ウニョン。

オムサ

お使いに出て、ビルの中で道に迷ったことがあった。

自分でも知らぬまにナ棟からカ棟に入り込んでいた状態だった。数年前からこの付近を行き来しているとは言え、いつも同じルートばかり通っていたわたしは、似ているようで微妙に異なる構造の中で完全に迷ってしまっていた。方向だけでも確認しようと十三階まで上がった。風を受けながら屋上から見下ろしてみた。カ棟を始まりにナ、ダ、ラ、マ棟まで、都心の河川のほうに長く続くビルの建物群が見えた。五両の大きな列車のように見えた。車輪もなしに腹ばいになって列をなし突如止まって固まってしまったような姿だった。一番高いカ棟をのぞいて、残りの建物は八階まであった。ヨさんのお使いでダ棟まで行ったことがあるだけで、その後ろは行ったことがなかった。フェンスにぴたっと近づいてナ棟の屋上を見下ろしてみた。だぼだぼのズボンを穿《は》いた男がその屋上から都心を見下ろしながらタバコを吸っていた。

だいたいの方向をつかんだところで下りてきたものの、どこそこだとヨさんが口伝えに教えてくれたとおりには目的地を探し出せなかった。仕方なくナ棟に戻ってヨさんから地図を受け取った。ヨさんはどこでどう迷ったとしても、カ棟には行かずにまず一階に下りないとならないと言った。しわくちゃのメモ用紙の後ろに彼がゆるい曲線で描いてくれた地図を見ながらやっと目的地に到着できた。

こうして訪ねた先がオムサだった。

＊

オムサは電球を販売している店だった。

ふと通りすがりに偶然見つけられるような場所ではなく、そういう店があぁいうところにある、というのを知っていないかぎりたどり着けないところだった。

オムサに行ってみよう。

電車でもバスでも、都心にある映画館の前で降りて百メートルほど離れた電子ビルを見上げながら歩いていくと、干からびたとかげ、目覚まし時計、合成レザーのベルト、ゴム製品、乾電池、靴、帽子などを並べて売っている露天商を通りすぎてカ棟の北側の隅にたどり着いた。外の柱に鏡をつけた照明専門店を右に曲がり、ビルの駐車スペースとして使われている一階に足を踏み入れると、階段と床の間に屏《びょう》風《ぶ》のようにダンボールを立てて直角三角形の空間を作って暮らす老人に出くわすのだが、彼女は白髪のおかっぱ頭で雨が降る日以外はいつも自分の居場所から二メートルほど離れた道ばたに座って、誰かを待っているかのように大通りを眺めていた。いつだったか通りすがりに、ある通行人が彼女にパンを分けてあげているのを目にしたことがある。彼女は彼が差し出したパンをぼんやり見つめていたが、かなりぎこちない様子でパンを受け取ると、ひざと胸元の間にかかえて、再び大通りのほうに目をやった。彼女の居場所をすぎて左側に駐車場を、右側に照明店や工具店をはさんで歩いていき、右手に最初の路地が現れたら方向を変えてその道に入ると、二十年間その場所でこれといった道具もないままドラム缶一つで無表情で腸詰を蒸しているおばさんに会えるし、懐中時計、銅製の目覚まし時計、古びた腕時計、雨風にさらされた銀のスプーンをガラス棚の中に並べておいてうとうとしている男たちの前を通りすぎ、タバコやジュースやゆで卵を売っている売店をすぎて、部品の店や旧式ラジオの修理屋などを通りすぎるのだが、どこもこれ以上机一つ置く場もないほど狭かった。そうした店の狭間《はざま》にできた路地というよりは建物と建物の間にできた隙間程度に見える暗くて狭い通路に入ると、右側に看板もテーブルもない、お昼の配達メニューの定食一つしかやっていない古びた食堂があり、その向かい側にオムサがあった。七〇年代以降、一度も手を入れた様子のないさびれた薄暗い場所だった。電球を売る店なのに、店を照らす電球ときたら壁についている黄色くて青白い裸電球の束だけだった。

ぎっしりしている。

という単語のイメージ事典をつくるとしたら、おそらくこんな光景になるのは間違いなかった。

それこそぎっしりそのものだ。

と思ってからは何も思いつかないくらい目の前がぎっしりだった。

その中で電球を売る老人は、ふさふさの髪の毛がすっかり真っ白になってしまった七十代のおじいさんだった。彼はレンガほどの大きさのダンボール箱などがぎっしり並んだ棚を背にしたまま木製の机と椅子を置いて座っていた。ほの暗く頭上を照らしている裸電球の灯りのもとで、彼はいつだって何かをのぞき込みながらぼんやり物思いにふけっていたかと思えば、お客が訪ねてきて、とある種類の電球をくれと言ってくれれば、返事もせずにゆっくりと椅子を引いて立ち上がった。急ぐ様子もなく、そうかといってためらう様子もない、棚のある地点にぶるぶると震えながら近づいていき、どれも古びたものだらけのダンボールやボール紙でできた箱の隙間から、レンガを引き出しでもするかのようにゆっくりと一つの箱を引き出してそれを机の上に持ってきて、まず下ろしてからくたくたになったふたをめくっておいて、今度は別の棚に歩いていき、手のひらほどのビニール袋を一枚持って机に戻ってきてから、時間をかけながら心をこめて袋を広げて、入口をまるくしてから、右手を箱に入れて指先ほどの電球を一握りつかんで、左手に持ったまま待っている袋の中に一度に一つずつ、いつだったか、わたしが他のお客さんにまぎれて順番待ちをしているときにふと耳にした面白い表現によれば、巣の中のつばめの赤ちゃんに米菓子を一つずつあげるみたいにして、ぽとんと落とした。

急ぎの用で慌ててオムサまで歩いていっても、これください、と言ってからは、ひたすら彼のテンポで時間が流れていくため、オムサにやって来るお客さんたちは入口でぼうっと立ったまま店の中をのぞき込んだり、近所の売店でゆで卵を食べながら待ってから電球を受け取って帰っていくのだった。おじいさんはゆっくりではあったけれどそれはすごい集中力で、その動作には気品すら漂っていて、客の立場から急《せ》かせるような隙はなかった。かなりせっかちな人の中にはぶつぶつ文句を言う者もあったが、そうかといって店を変えることはなかった。オムサの箱はもうずっと前から積まれてきたものたちで、今やどこに行っても手に入らない電球がここでは買えるからだった。よく見るとボールペンで印がつけられている箱もあったが、印すらついていない箱のほうがずっと多く、どこに何があるのか知っているのはこの主《あるじ》だけだったし、実際にオムサのおじいさんはどんな電球をくれと言われても迷うことなくすぐさま、ゆっくりとした動きではあるものの、その電球の入った箱のある棚に向かって歩いていった。

おじいさんが死んじゃったら電球はみんなどうなっちゃうんだろう。彼がいなかったらどこに何があるのか誰もわからないのではないだろうか。古くなったからこそ尊いものを、古くなったからという理由でどれも捨て去ってしまうのではないだろうか。オムサに行ってくると、こんな思いに駆られてわたしはいつも途方に暮れたものだったが、修理室にやって来る人たちの中には、修理室とヨさんについてもこれと似たようなことを言う人たちがたまにいて、そのたびに修理室がこれまで積み重ねてきた歳月に想いを馳《は》せたものだった。

ある日、電球を買いにでかけたところ、おじいさんもいなければ棚もなくなっていた。

がらんと空いて、暗い壁だけが残っていた。

亡くなったんだ、と思った。

修理室に戻ってきてヨさんに伝えると、オムサのじいさんが亡くなったのかもしれんな、と言うヨさんの顔にも、しばらくは複雑な心境がありありと浮かんでいた。買おうとしていた電球はすでに在庫のないものだったため、その電球を必要とする修理はできずそのまま送り返していた。在庫がないとなるや、その電球を必要とする修理がとたんに増えてきて、ヨさんとわたしは不思議なものだと、これまであったときは気づかなかったのに、なくなったとたんにその不在ばかりが目につくものだと、こんなことになって本当に残念だと話をすることが時おりあった。

＊

オムサを再び訪れたのは夏が過ぎて秋が始まるころだった。

修理室にやって来たお客さんの中にクァクさんという苗字《みょうじ》のおじさんがいた。ヨさんと同年輩でオーディオに詳しく、昔から修理室に出入りしている人だった。消防士を定年退職してからはこれといって夢中になれるものがないのだと、そのころよく修理室を訪れていた。

これちょっと見てもらえないか、とクァクさんが古いドイツ製のアンプを持って修理室に入ってきた。

そんなぽんこつのどこを見るんだ、と言いながらヨさんはクァクさんの隣にしゃがみこんで座り、並んでタバコを吸いながらアンプをのぞき込んでいた。

どこがどうしたって。

左の音が死んだ。

なにしたんだ。

だめにしたのか何なのか、ともかく出力が良くない。

もともと丈夫な奴じゃないか。

こないだ雷が鳴っただろ。俺が思うにその日からだ。

賢いな。

俺は賢いさ。

わかった。

置いてくよ。

ゆっくり見ることにする。

表示ランプも切れたから、換えてくれ。

電球がないんだ。

買ってきた。

最後にクァクさんがポケットをさぐって取り出してみせた袋に見覚えがあった。なかなか手に入らない電球だから、どこで買ったのかとヨさんが尋ねると、来る途中にオムサで買ったという返事が返ってきた。ヨさんとわたしはびっくりして顔を見合わせた。クァクさんはわたしたちが驚いているのも知らずに、オムサの電球の入った袋を私に差し出した。

引っ越ししてたな。

と言って教えてくれた場所を訪ねてみると、オムサがあった。もともとあった場所からもう少し奥まったところの路地だった。まともな蛍光灯がついていたのと、天井が以前に比べて高いところが違うだけで、ひっそりしているところから筆文字でオムサと書いてある小さな看板がかかっているところや、なんとも言えず何やらぎっしり感がある点はそのままだった。オムサのおじいさんは棚を背にしたまま、机と椅子を置いて座っていた。

ヒューズランプ二十個ください。

と言うと、彼がゆっくりと椅子を押して立ち上がった。

わたしは待った。

＊

冬になる直前、電子ビルの五つの建物のうち、最初の建物の撤去が決まった。月曜日に起工式があった。テレビや新聞などでときどき目にするお役人や記者たちがやって来た。よだれかけみたいに横断幕をたらしたトラックたちが式場の側で順番を待っていた。横断幕は太くよじれた二本のロープで前方に固定されていた。前後の文句もなく慶祝とだけ書いてあるのをわたしはじっと見つめていた。少しの間、人々の後ろに立っていたが、その場を離れてエレベーターに乗ってナ棟へ上がった。翌日、出勤の途中で新聞の販売スタンドに立ち寄ってみると、どれもみな、電子ビル撤去、歴史の中にという見出しがつけられていた。修理室に配達される新聞も違いはなかった。ヨさんは配達の定食を食べるときにテーブル代わりにしているスピーカーに新聞を広げてチゲをすすりながら、おかずに箸を運びつつ熱心に記事を読んでいた。カ棟があんなにスムーズに合意に達した理由を尋ねると、ヨさんはかなりの零細だからと答えた。商圏もほぼ消えてしまった建物に権利金などというのもなく、その日暮らしをしてきた人たちは、移転費を大金と思って受け取り出ていったのだった。

すぐに撤去されるのは五つの建物のうちのカ棟一つでも、記事のタイトルは一律、電子ビル撤去で、まるでこの電子ビル群全体が消えてなくなってしまうような書き方をしているのは、そんなふうにして前もって商圏を殺しておいてその後の処理を簡単に進めようと企んでいるからだと言った。すでに死にかけているものたちに、さっさと死ね、死ねと言っているんだと、ヨさんは食欲をなくした表情だった。はたして、それから数日間はビルが撤去されたというニュースを見て修理室は店をたたむのか移転するのかという、問い合わせの電話が日にいくつもかかってきた。

カ棟は巨大な幕に覆われたまま夜にまぎれて、たいした音もたてずに解体された。ある日、修理室に配達された新聞を広げてみると、先端技術を動員した騒音のしない工事だと紹介されていた。十三階建ての建物が解体されるというのにあんなに静かなのは異様で怪しくて、夜中まで修理室に残って働くヨさんに訊いてみても、これといった音はしなかったという返事が返ってきた。朝、出勤のときに見てみると、夜のうちに上から一階ずつ消えていて幕は一段ずつ降りてきていた。

とうとうカ棟を解体し、残った場所にはすぐに公園ができた。

オムサはこの過程で再び消え去った。

公園の周りに店が再整備される中で近所の商店と共に消え去った。オムサのおじいさんのものなのかわからなかったが、細くて先っぽのとがった影法師が一つどこかに向かって伸びたまま数日その付近をうろついていたかと思ったら、ある日それすらも消え去った。名残惜しい気持ちで出勤する途中、わざわざ立ち寄ってみると、看板もかかったまま店々が閉められていて、誰かが乳白色のペンキで壁ごとに大きなバツ印を描いておいた狭い路地が、わびしげにがらんとしたまま次の順序を待っていた。

ヨさんとわたしは、今度も後になってみたらどこかでオムサがまた店を開いていたよという話が耳に入ってくることを期待したが、なんの音沙汰もなかった。

春には造園工事が終わった。幕がすべて取り払われて、最初の公園が姿を現した。短く刈られた芝は青々としていてつややかだった。

テニスコートみたいにきれいに整えられた姿だった。

＊

ムジェさんとわたしは遅くまで店に残っていたが、公園に出てみた。静かにそっと歩いて公園の端に置かれた長椅子に座った。長椅子は四人くらいが座れる長さで、真ん中には、一見するとひじかけのように見える頑丈な棒がついていた。何のためにこんなふうに区切っておいたんですかね、と尋ねると、横になっていう意味でしょうとムジェさんが意味もなく笑った。わたしも笑った。霧の立ち込めた夜だった。四、五メートル間隔で街路灯が立っているので真っ暗ではなかった。街路灯は細長く上に向かって伸びていて、先っぽは小さな笠をかぶっていて一瞬きのこのようにも見え、見方によっては番人をしている武士のようにも見えた。芝生《しばふ》に降りた霧が街路灯の灯りを受けてきらきら光っていた。わたしは霧を食べたせいで息をするのが少し苦しかった。

ムジェさんは食べ物と飲み物の入った袋を持っていた。その中からサンドイッチを選んで牛乳も一つ受け取って開けた。芝生にところどころ刺さった立ち入り禁止の立て札を眺めながら食べて、飲んだ。左のほうを見ると東西方向に都心を横切る大通りがあって、右側を見ると、カ棟が消えてそっくりそのまま姿を現したナ棟の赤みを帯びた外壁が見えた。公園はこの北側に面していて、公園のほうからもナ棟のほうからも突然切られたようにして互いに向かって肉薄していた。カ棟で道に迷

ったことのあるわたしは、その場所に公園ができるという話を聞いて、きっともの
すごく広いのだろうと思ったのだが、こうして座ってみると思ったよりも小さかっ
た。小さいですね、とぼんやり言うと、ムジェさんが飲み干した牛乳パックを半分
にたたみながら、思っていたのより狭くて驚いた、と言った。
ここに、あんなにたくさんの人がいたってことでしょう。
みんなどこに行ったんでしょうね。
と言いながら芝生のむこうを見つめていた。
ムジェさんと並んで座って見つめている方向に、新しく植えられたもみじの木の
影が伸びていた。夜の影だから端が幾重にも重なっているのを見て、あそこらへん
がたしかおかっぱ頭のおばあさんがダンボールを屏風のように広げていた場所だと
思い出した。わたしが彼女について話すと、ムジェさんも彼女のことを何度か見か
けたと言った。そうだったんだ、と言ってからしばらく沈黙が流れた。とんぼに似
ているけれどとんぼより小さく、蚊より大きい一匹の昆虫がよたよたしながら膝元
に飛んできて手の甲にぴたっと止まった。霧のせいで羽が重くなってまともに飛べ
ないようだった。手の甲から手首に這《は》い上がってきて、また手の甲に降りていき息
を殺してくっついているのを、わたしはじっと見ていた。ムジェさんが言った。

ウンギョさんは、スラムがどういう意味か知ってます？

……貧しいって意味ですか？

僕、辞書で調べてみたんですよ。

なんて書いてあったんです？

都市で、貧しい人たちが暮らす地域、と言ってムジェさんがわたしを見つめた。

この辺りがスラムなんだそうです。

誰が？

新聞も、世間の人も。

スラム？

ちょっと、変でしょう？

そうですね。

スラム。

スラム。

と、座っていたわたしが言った。

あたしはスラムという言葉を聞いたことはあっても、ここがスラムだと思ったことはないのに。

僕だってそうですよ、とムジェさんが少し姿勢を変えて座りなおしながら言った。

親父がここで電気ストーブを売ってたんです。子どものころ、母さんや姉さんたちと来てみると、遠くから親父が店の前に椅子を出して座っているのが見えるんですよ。僕らが来ると、親父はどこかに行っていなくなったかと思うとしばらくして現れて、新聞紙にくるまれた腸詰を食べろと差し出してくれました。僕は親父のそばで通りゆく人を眺めながら長細い腸詰にかぶりついて。手に油がつくといって腸詰のさきっぽを新聞紙でくるんでから差し出してくれた姿や、家に帰るときに小銭をいくつか握らせてくれた姿が昨日のことみたいにはっきりと思い出されて。いま思えば、いったいどうやって商売してたんだろうと思うくらい口下手で、いろいろと不器用な人だったのに、一緒に座って腸詰を食べていても、誰か通りすぎるとさっと立ち上がって、声をかけていたものでした。幼心にも、僕はこんなふうに通りすがりの人に声をかけて客引きしてる親父を見るのがいたたまれなかったし、みんなが、親父の言葉に耳も貸さずに通りすぎていくのも嫌でときどき泣いたんですよね。理由も言わずに泣いてるから、いったいどういうわけだと叱られたりもしたんだけど、僕はただ悔しかっただけでね。そんな胸の内も知らずに叱るからよけいに悔しくなってもっと泣いて、もっと叱られてるうちに、親父がそれ以上何も言わずに僕から顔をそむけたんです。そうなると僕はもうそれ以上泣くことができなくなって、親父の隣にただ立ってるしかなくて。亡くなってからもうずいぶん経ってるから、こういう記憶はもう薄れてもよさそうなのに、ぜんぜんそうじゃなくて、僕はこの辺りをそういった心情抜きには考えられないのに、スラムだなんていうのを聞いて何かやりきれなくて。どうせならいっそのこと貧しいって言えばいいのに、スラムと呼ぶのはふさわしくないような気がして、こんなことを思ったわけです。

と、ムジェさんが言った。

いつかは見放されるしかない地域なわけで、誰かがここで生計をたてて暮らしてるなんて言い出したら話が複雑になりすぎるから、スラム、と簡単に一言で片付けてしまうんじゃないかって。

そうなんでしょうか。

スラム、って。

スラム。

スラム。

スラム。

変でしょう。

確かに変かもしれない。

少し怖い気もするし、と言った後は、しばし黙っていた。

カ棟を解体する直前まで数十年間隠れていたナ棟の外壁が今はむきだしになって平べったくも、のっぺりとそびえていた。壁が本来はそういう形だということを、いまさらながらにじっと見つめていた。ナ棟がなくなったとしても僕はダ棟には行きたくないんですよ、とムジェさんが言った。
カ、ナ、ダ、ラ順だからダに行ったとしても、次はどうせラ。そしてマ、まで続いて、その次はどうなるのか。
もっと食べます？　と言いながらムジェさんが袋を差し出した。わたしはもう食べたいものがなくてためらっていたけれど、オレンジを一つつかんだ。ムジェさんが袋を足元に下ろしてからオレンジを受け取って皮をむいてくれた。お皿の代わりだといってヘタの周りにぱあっと花びらが咲いたような形に上手に皮をむかれたオレンジをわたしの手に握らせて、ムジェさんはまた話を続けた。

それで最近は適当な場所を探してるんです。どうせ移るんだったら今よりちょっとでもましなところに行こうと思って。あれこれ複雑なことはわからないからと技師のコンさんが任せてくれて一生懸命探してるとこですけど、場所がいいと値段が高すぎて、値段がちょうどいいと今度は場所がだめで、なかなかうまいようにはいかないですね。

オレンジをふた切れとって差し出すと、ムジェさんが受け取って食べた。

今と同じような小さな場所さえ探すのも大変だっていうか、いざあそこを出て近所に他の場所を借りようとしてみると、二、三坪ぽっちの今までの空間が惜しく思えてきてしかたないというか。工房の仕事は鉄の塊をやりとりするから郊外に出るわけにもいかないし。

きっと見つかりますよ。

そうでしょうか？

だってみんなそうしてるし。

……

……

どこに行こうか。

……

……

……

静かですね。

ええ。

きれいですね。

きれいだけど、なんだか不思議な気分になりますね、とムジェさんはぼんやりと公園を見つめていた。

恒星と
マトリョーシカ

バドミントンでもしますか？

はい。

いつかそのうち、という意味で答えたのにムジェさんがやって来た。最近なかなか眠れなくて、運動すればどうですか、運動すれば眠れますかね、眠れますよ、じゃあ、と電話で話した後だった。いま行きますという言葉を聞いて、きょとんとして電話を切ってから時計を見ると夜九時を回っていた。本気かなと思ったが、それから三十分が過ぎるとムジェさんが水筒とバドミントンのラケットを持って自転車に乗ってきた。

バドミントンしましょう。

十以上の停留所を自転車でやって来たというのを聞いて、バドミントンもなにもムジェさん、ここまで来るだけでも立派な運動になったんじゃないんですか、と思ったが口にはしないで黙っていた。近くに公園があってそこに行った。ちょうどよかったとムジェさんはやる気に満ちていた。

ウンギョさん、バドミントンしたことあります？

あっても子どものころ体育の時間に一度したことがあるだけで、それ以降はやったことがないと言うと、心配することないですよ、バドミントンと水泳は一度マスターすれば一生忘れないっていうじゃないですか、と言ってバドミントンのラケットをわたしの手に握らせてからムジェさんは遠くに離れていった。

水泳と自転車じゃなくて？

それよりあんなに明るい声でマスターだなんて、ムジェさん、今日はなんか変、話し方がすごく変。

ラケットを握ったまますそんなふうに戸惑っていると、行きますよ、といって向こう側からムジェさんの打ったシャトルが飛んできた。夜空に向かって跳ね上がり、一瞬、滞空するのをぼうっと見ていると、ふと思いついたかのようにシャトルが地面に落ちた。この辺りだろうと見当をつけて思い切りラケットを振ってみたが、ラケットは空気を切っただけでシャトルは音もなく地面に落ちた。

最後まで見ないと。

と、ムジェさんが言った。

シャトルが頂点に達するまで見届けてから落ちはじめて半拍くらい遅くなったと

ころで打つんですよ。

わかりました。

と言ってシャトルを渡すとムジェさんがシャトルを打った。羽根のついたゴムシャトルがぐるぐる上に舞い上がった。何度かシャトルを打ちつけて返した。ムジェさんが打ってくるシャトルは位置が高すぎて、思い切り腕を伸ばしても頭上を越えていくばかりだった。高いと文句を言っても、いつかは落ちるじゃないですか、そのときを狙えばいいでしょう、とムジェさんはなにげにカチンとくるような言い方をした。

行きますよ、いいですか、と言いながらバドミントンをした後は、トラックを走った。朝鮮相撲《シルム》の土俵を兼ねた丸い砂場を左手に見ながら出発した。行きましょうと言うと、ムジェさんはタッタッとトラックの上を走ってすぐに視界から消えた。公園の端に沿ってきっちり一周すると二百九十八メートルになるグリーンのトラックだった。最近新しく地面を塗りなおしたばかりで適度な弾力があった。まだ青々としたもみじとイチョウの木の間を一人で走りながら、一体全体なんでこんな夜にこんなふうに走ってるんだろ、と思った。ずいぶん走ったところで後方から服のすれる音がしゃ、しゃ、しゃっと聞こえてきて、ムジェさんがウンギョさん、と言いながら追い抜いていくとまたすぐにコーナーをまわって消えた。

ウンギョさん。

ウンギョさん。

と言いながら二度同じことが繰り返された。もうだめだ、と思って反対側に走りはじめて、こちらに向かって走ってくるムジェさんを捕まえた。あ、と言ってその場で足踏みしながらムジェさんは首をかしげた。

ウンギョさん、どうしてあっちから来たんです？

一緒に走りましょうよ。

そうしてますけど。

ううん、ずっとすれ違ってるじゃないですか。

このままだとあたしたち、なんだか公転周期の異なる衛星みたい、と言うと、ムジェさんはうむ、と言いながら両足を止めた。ウンギョさん、違いますよ、とムジェさんが言った。

公転してるんだったら惑星って言わないと。

惑星なんですか？

動かないのが恒星、恒星のまわりを回ってるのが惑星、惑星のまわりを回っているのが衛星。

……まわりを回ってるのは同じでしょ。

あ。

惑星が回って、衛星が回るでしょ。どれも、公転でしょ。

ですね。

惑星も衛星も、あれもこれもぐるぐる回ってるものばかりなんですけど、と言いながらムジェさんは歩きはじめた。ムジェさんと並んで歩いた。自転車が前方から来たり、後ろから来たりすると、わたしがムジェさんの後ろに行ったり、ムジェさんが後ろに来たりしながらゆっくり歩いた。トレーニングウエアを着込んだ夫婦らしき男女が通りすぎ、黄色い帽子を目深にかぶった女が後ろ歩きでわたしたちの前方から歩いてきて後ろに流れていった後は、ショートパンツをはいた男が競歩でもするように一定の速度でムジェさんとわたしの間を通りすぎていった。むこうのコーナーからさっきすれちがったばかりの夫婦がこちらに向かって歩いてくるのが見えた。

ムジェさんが言った。

ウンギョさん、僕らも回ってますね。

歩いてますけど。

歩きながら回ってるってことです。

あたしは、ただ歩いてるってことにする。

ただ歩いても地球は丸いから、結局は回ってるってことですよ。

ムジェさん、そんなふうに言うとスケールがものすごく大きくなる。

惑星にもなって、衛星にもなって。

何がですか？

僕らが。

しばらくの間黙って歩いた。真夜中だというのに運動しに来ている人がたくさんいた。それぞれが街路灯の灯りの中で体操したり運動器具を使ったり、縄跳びをしたり、トラックに沿って走っていた。少し前の会話は、少し前で終わったと思っていたのに、ふいにムジェさんが言った。

ウンギョさんは何になりたいですか、惑星と衛星のうち。

回るのは嫌いなんで。

彗星《すいせい》はどうです？

彗星も回るでしょ？　ハレー彗星みたいなのは。

ハレー、と言って物思いにふけっていたが、流星はどうですか、とムジェさんが言った。

流星ならちょうどよくないですか。

燃えて消えてくじゃない。あっけない。

あっけないからこそ。

そんなふうに三周ほど歩いて公園の東側の入口で止まった。ムジェさんが入口に止めておいた自転車を引っぱってきた。今度は眠れますかね、と尋ねると、そんな気がしないでもないと言いながらムジェさんはペダルに足を載せた。気をつけてという言葉を交わしてから、体を前方に傾けて二、三回ペダルを踏み何メートルか進んでから止まって、ムジェさんが後ろを振り返った。ウンギョさん、ほんとはさっき間違ってました、と左足で自転車を支えて立ったまま言った。

僕が間違ってました。

何をです?

恒星もほんとは回るんですよ。

動くんです、と言ってからムジェさんはまたぐらぐらと出発して一瞬にして遠のいていった。

翌日、ビルでムジェさんに会った。
ちゃんと眠れました？
と聞いても、ムジェさんは曖昧に笑うだけだった。

＊

緑地公園では毎週イベントが開かれていた。

金曜日や土曜日になると、朝から鉄製の梁《はり》や照明器具を積み込んだトラックがやって来て、イベントを準備する人たちがせわしなく行き交っていた。お昼ごろになると、芝生の上にステージが出来上がった。観客席側には、芝生が傷まないように精巧に組まれた板敷きが敷かれた。正午過ぎになると、一、二度スピーカーが音を出してから音楽が流れ出し、イベントの司会者がマイクを持って叫ぶ声、ああだこうだと話す声、人々の歓声などが頭がくらくらするほど大きく聞こえてきた。ナ棟の中でも公園側にぴったり面した修理室では、窓を閉めても聞こえてくる騒音をどうすることもできず、窓を開けたり閉めたりしながら、イベントが終わるのを待つしかなかった。音楽が聞こえはじめると、ヨさんは、このやろう、まったく集中できないじゃねぇか、と言ってビリヤード場に下りていった。わたしはいつまでも窓を閉めきっておくのも暑苦しくて息がつまり、窓を開け放ったままぼうっと座ってキャビネットの上に置いてあるムジェさんの双葉がせわしなく動くのを見たりしていた。

そんなふうにしてイベントが始まると、ナ棟の北側の外壁と正面の進入口には垂れ幕がかけられ、その後ろ側になんてまるで何もないかのごとく、人々の歓声と歌が続いた。垂れ幕のむこうが騒がしくなればなるほど、ナ棟はまるで存在などしないかのように暗くなり静まりかえった。ナ棟の南側の外壁とエレベーターのそばにはナ棟が四十年過ぎた今も営業中で、これからもこの場所で二十年は営業していくと書かれた横断幕と張り紙が、どういうわけかやけに汚れたまま貼ってあった。

ナ棟に関する交渉はのろのろと進んでいるようだった。カ棟の事情とは異なり、ナ棟はもともと細かく分かれた状態で所有主も分散しているため、交渉も順調にはいかないという噂があった。不動産景気もかんばしくない上に公企業側が払ってくれるという価格も適正ではなく、所有主たちも躊躇《ちゅうちょ》しているとかで、そんな中、ナ棟をいくつかの区域に分けて前方のいくつかの区域だけ公企業が事業をすすめ、残りは民間が請け負うという話もあった。坪当たり三億ウォンだとか二億ウォンだとかいう話を、よその国の訛《なま》りで伝え聞くみたいに聞いていたものの、わたしはヨさんに尋ねた。

民間っていうのは、どういう人たちのことを言うんですかね？

民間っていったら、金さ。

お金なんですか？

金だ。

金だから怖いんだぞと言ってヨさんは、政府がことを始めておいてから後になってそっと手を引いた状態なんだと、ともかくそういうやり方なんだと、まったくこんちきしょー、と言った。

何一つ変わりやしないってことさ。

ここんところは影も威勢がいいしな。

そう言いながら、それとなく影を前面に出して出勤してくる日もあった。

＊

チキン食べます？

と言って土曜日にはムジェさんがフライドチキンを持って修理室にやって来た。戸締りして帰るようにと言い残してヨさんはちょうどビリヤード場に下りていったところだった。中身のからっぽのスピーカーをひっくり返して、その上に食べ物を広げた。公園のほうでは、新鮮なトマト、トマト、おいしいトマト、と無邪気な調子で歌が続いていた。言葉をきちんと伝えるにはわざわざ大きな声を出さないとならなかったが、そうするのもなんだか気恥ずかしくて黙々とチキンを食べた。フライドチキンは熱々で、衣はさくっと揚がっていて甘辛い醤油だれがいいあんばいにからめてあっておいしかった。ムジェさんはわたしがチキンをつかみとるたびに、それは手羽、それは胸肉、それも胸肉、といちいち口出ししていた。ウンギョさん、とムジェさんがいつもよりも大きな声を出して言った。

たくさん食べて。

食べてます。

首食べる人。

あたし、首、食べません。

僕が食べましょうか?

と言うと、ムジェさんは人差し指ほどの長さの曲がった首を取り出してしゃぶりつくともぐもぐ噛んでから、手のひらに丸くてひらべったい骨を一つずつ吐き出した。

どんな味なんです？

鶏《とり》の味ですね。

首の味じゃなくて？

ウンギョさん、とムジェさんがもぐもぐ食べながら言った。

首の味ってどんな味なんです？

……鉛。

鉛？

だって、首といえば重たくて疲れた器官じゃないかと思って。さまざまなものを飲み込んでるわけだからやっぱり、そうなると、ほかの味がするんじゃないかと思って、重たくて、疲れてるといえば鉛、だと思ったんです。

そうですか。

食べてるのに、すみません。

いえいえ。

と言っておきながら、ムジェさんは眉間にしわを寄せたままチキンを食べつつ何かいろいろと考えているようで、本当に余計なことを言ってしまったとわたしは後悔していた。言われてみると、とムジェさんが言った。

鶏って人に食べられる生き物の中で一番疲労度が高いんじゃないかって気がします。

その量だってものすごいし、と言ってムジェさんは細長い骨を口から出してじっくりと凝視してからナプキンの上に注意深く置いた。トマト、おいしいトマト、と聞こえてきていた歌はもう止んで、ずいぶん静かになった。

ウンギョさん、とムジェさんが言った。

昨日の夜のことなんですけど、影に足をひっかけちゃって。

＊

なんて言ったんですか？

ひっかかってですね。

転んだんです、と言いながらムジェさんはこんな話を聞かせてくれた。

＊

昨日は遅く家に帰った。遅くなったことにも気づかなかったが、家に着いてから今日はやけに足が痛いなと思いながらふと時計を見ると遅い時間だった。しばらく玄関に座っていたが、シャワーを浴びようと立ち上がった。バスルームのほうに三、四歩進んでから転んだ。何かにはっきりと足がひっかかった。ひっかかりそうなものはないのに、と思って後ろを振り返ると、影の端の部分が十センチほど立ち上がっていた。床に残っているのはうっすらとしていたが、そこから立ち上がったものはもう少しはっきりした色をしていて、僕の影はこんなふうに立ちのぼってくるのかと思った。

触ってみた。

紙みたいにうすっぺらで力のないものだと思っていたのに、実際に触ってみるとそうでもなかった。そうだからといって、こういう感じとはっきりと言えるかといえばそうでもなく、曖昧だった。触っても、触っても曖昧なままだった。立ち上がってきたばかりの影がこんなにも曖昧なものだとは思わなかった。のぞき込んでいる間にもう少し立ち上がってきたような気がしたが、とりあえず疲れたのでそのままにしておくことにして、シャワーなりほかのことをした。家の中をあちこち動いてみても影法師はついて来なかった。影の端の部分を固定されたまま体だけあちこち動いていると立ち上がってきた影法師の側に自然と重心がいってしまうようで、鎖につながれた足首のように、いや、リードにつながれた犬のように、いや、重心を意識しないわけにはいかないコンパスのように、さすがに気に障った。影法師はその隙にまた少し大きくなった。寝床に入る直前に見たのは頭と首と肩の位置を整え、いままさに左腕を伸ばそうとするような状態で、床からは気持ち傾いて立ち上がっていた。

それで寝たんですか？

と尋ねると、ムジェさんは寝たと言ってうなずいた。

昨日は久しぶりにすぐに眠くなりましてね。眠くなったのに寝ないのはもったいなくて。

何事もなかったのかと尋ねると、何もなかったわけじゃないと首を横に振った。

夜中にのどが渇き、胸のあたりが苦しくなって目覚めたというのだった。なんとなくせわしない夢を見たのだが内容はまったく思い出せなかった。昼寝していて暑さで寝苦しくなって目覚めたときみたいに、ただただ頭の上のほうが重たかった。

影なんていうのはすっかり忘れたまま少し横になっていた。床はひんやりとしていて、何か重たいものに引っぱられるような気がして横向きになった。そのとき何かがへばりついてきた。背中にぴったりとくっついて身じろぎもできなかった。ものすごい力だった。うつぶせにもなれず、寝返りもできないままぴったりくっついていた。押せば押した分だけ背中の後ろから強く反発してくる力を感じてもがいている途中、ウセ、ウセ、とささやいているのを聞いた。よく聞いてみると、どうせ、どうせと言っているので鳥肌が立った。それに強く押されるままに体がひっくり返ったら、いっかんの終わりだと思って全力で抵抗した。強く強く押してくるのを辛抱強く耐えた。隙を狙って一瞬で体を翻してみると、気配も何も、すでに消え去っていてわけがわからなかった。金縛りにあったのか、影法師だったのか。

ともかく、それからは眠れませんでしたよ、とムジェさんは言った。

＊

その夜は、わたしもなかなか眠れなかった。

日が昇るころになってやっと眠りについてお昼過ぎに起きた。どんよりとしてもやっとした気分だったので自転車に乗ってでかけた。空は晴れ渡っていた。自転車でよく通った道をゆっくり一周してから、家の前を通りすぎてそのまま走った。天気がいいから、と思いながらムジェさんの家の方向に行ってみることにした。十以上のバス停をびゅんびゅん通りすぎて、途中、自転車で通りすぎるには適当でない交叉点や大通りのような場所もあって、こんなところを夜更けにムジェさんがやって来たのか、そして帰っていったんだ、と思うと、あの夜の後ろ姿が見えるような気がしてせつなくなった。一生懸命ペダルを漕いだ。薬局の前で自転車を止めて、いるかな、と思いながら電話をかけてみると、ムジェさんが出た。一言、二言交わしてもごもごして、今ちょうど近くにいると告げると、よれよれのTシャツに短パン姿でムジェさんが現れた。向こうのほうから歩いてくる様子をじっと見ていた。正午近くの短くも濃い影がムジェさんの足元からふにゃふにゃと長くなったり短くなったりしながらムジェさんについて来ていた。近づいてきたムジェさんは、ぼさぼさ頭で疲れて見えた。昨夜は眠れたのか眠れなかったのか、顔を見るなりそんなことを訊いてもいいのかわからず見つめていると、ムジェさんもぽかんとわたしを見てから言った。

お昼食べました？

わたしは食べていないと答えた。

おそばでも作って食べましょうか。

と言って背を向けたムジェさんについて行った。

わたしは、何か言いたいことがたくさんあるのに、その中でこれだと言葉にできるようなことは何もなくて自転車のハンドルをぎゅっとつかんだり、ゆるく放したりしながら、いてもたってもいられずにいたのに、ムジェさんは落ち着いて大根を選ぶと、わけぎにしますか、細ねぎにしますか、と言いながら迷っていた。わけぎも細ねぎも同じねぎには変わらないんじゃないんですかと言うと、根っこの形が違うし、厳として味も違うんだと言いながら、ムジェさんはもう少し悩んでからわけぎをつかんだ。

こっちですよ。

と言われて連れられるままに閑散とした市場を通りぬけて、建物と建物の間にせせこましく立っている建物の前に着いた。一階にはさびれた手打ち麺屋が店を開けていた。入口付近に小さな人工池があって、のぞいて見ると金魚が三匹、時おりヒレをゆらゆらさせながら底のほうでじっとしていた。自転車を近くに止めておき、生ぬるい水の匂いのする狭い階段を四階まで上がって小さな扉を開けて屋上に出た。

オレンジ色のレンガを積んでつくった屋上部屋があった。物干し台にかかったロープには洗濯物が何枚か乾いていて、ひさしの下で小型サイズの洗濯機が静かに回っていた。欄干に近づいてみると、今しがた通ってきた市場が見下ろせた。色あせた万国旗の下にちらほら行き交う人が見えた。真昼というだけあって日差しが目に射しこむようだった。布団干すのにはよさそう、とぼんやり思っていると、ムジェさんが背後から、布団を干すとよく乾いていいですよ、と言ったので少し驚いた。紫のタイルがていねいに貼られた玄関で靴を脱いで中に入った。ムジェさんはこれといった家具らしいものも置かずにがらんとした空間で暮らしていた。ラジオが一つ、電話が一つ、布団をしまっておくタンスが一つあるくらいで、燃えて残った蚊取り線香が載っている皿や、電子チップや銅線を植えてある植木鉢が一つ玄関のそばに置かれていた。植木鉢になぜそんなものを植えておくのかと訊いたら、植えたんじゃなくて、仕事から帰ってみると自分でも知らないうちにポケットにそういうのが入っていることがあって、その辺に置いたら踏んでしまうかもしれないと思って、まず部屋に上がる前に挿して置く場所なんだとムジェさんは言った。わたしもときどきそういうことがあって、ムジェさんはこんなふうにしておくんだ、と思ってのぞき込んだ。ムジェさんは戸棚を開けて鍋を選んでいた。わたしは屋上部屋をぐるりと見回した。西向きの窓には端のほつれた黄色いカーテンがくくられていた。窓が大きくて室内はものすごく明るかった。器をふせておいたシンク台の横には冷蔵庫が置かれていて、その隣に妙につやつやしたものがあった。

＊

おきあがりこぼしですか？

と尋ねると、マトリョーシカというものだとムジェさんが言った。小ぶりのつぼのような大きさで赤い頭巾をかぶった少女が描かれていた。三番目の姉さんが誰かから贈り物でもらったもので、結婚して持っていったものの義兄が気味が悪いと嫌がったものだからここに置いてあるのだとムジェさんは言った。わたしはこういうものを見たのは初めてだった。不思議に思ってのぞき込んでいるとムジェさんがマトリョーシカの丸い頭に手を載せて言った。

開けてみましょうか？

そんなことしてもいいんですか？

だめなわけないでしょう。

と言ってマトリョーシカを開けはじめた。最初のマトリョーシカの陰の中に二つ目のマトリョーシカが入っていた、ムジェさんが二つ目のマトリョーシカをパカッと開けるとその中に三つ目のマトリョーシカがやはり陰に隠れたまま入っていた。ムジェさんは引き続きパカッ、パカッとマトリョーシカを開けていき、わたしがそれを受け取ってそばの床に置いた。床に大きな判子形をしたマトリョーシカの上半身が増えていった。泣いていたり、笑っていたり、驚いていたり、無表情だったり、曖昧な表情をしているまん丸い少女たちが日差しを浴びてつやつやしていた。頭巾の模様も、服の種類も、髪の毛も、瞳の色もみな少しずつ違った。全部でいくつなのかと尋ねると、ムジェさんが十二個目のマトリョーシカの上半身をわきの下にはさんだまま、マトリョーシカの中のマトリーショカを見下ろした。

二十九個ぐらいあるみたいですけど。

たくさんあるんですね。

このまま開けていきます？

せっかく開けたのだから最後まで開けてみようと意見が一致して、パカッ、パカッ、パカッ、パカッと開けていった。二十八個の上半身を床に並べておき、最後に残ったのをのぞいてみた。茶色を帯びた丸い粒のようなものだった。えんどう豆よりも小さかった。どうにか眉毛と口が描いてあったが、赤ん坊のようでもあり老人のようにも見える顔だった。ムジェさんがそれをつまんで、わたしの手のひらに載せてくれた。なんとも言いようがないほど軽かった。薄い表面越しに米おこしみたいにすかすかした空気感が伝わってきた。手のひらを傾けると、手相に沿って指のほうにころころっと転がった。ぽとんと床に落ちた。拾おうとして脚をのばしたところで踏んでしまった。

あ。

と言ってから何も言えずに固まっている隙に、ムジェさんが割れたかけらを拾った。飴《あめ》のかけらを拾うみたいにして、几帳面に指先にくっつけて手のひらに移した。全部集めたのを見てみると、もうそれは粒でもなければマトリョーシカでもなかった。もう取り返しのつかないくらい違った。

割れちゃいましたね。

ムジェさん、ごめんなさい。

いえいえ。

ごめんなさい。

かけらをゴミ箱に捨てて、開けるときよりも少し大変そうにマトリョーシカをしまっていった。

カチ。

カチ。

カチ。

と閉めて、はじめにあったように幾重にも重ねられた一つのマトリョーシカに戻した。ごめんなさいと重ねて言うと、大丈夫ですよ、気にすることなんかぜんぜんないですよ、と答えてからムジェさんは流れる水で大根を洗った。

＊

マトリョーシカって、とムジェさんがおろし器で大根をおろしながら言った。中にはもともと何も入ってないんですよ。粒なんてのはなくて。マトリョーシカの中にマトリョーシカがいて、マトリョーシカの中にまたマトリョーシカがいるじゃないですか。マトリョーシカの中にはいつまでたってもマトリョーシカ、実際に繰り返されてるだけで最後には何もないんですよ。だから、あったものが割れてなくなったんじゃなくて、もともとなかったというのを確認しただけなんです。

ムジェさん、それって虚《むな》しい話ですね。

そんなにも虚しいからこそ、人が生きてくのとどこか似てるなっていつも思ってたんですよ。

と言いながら、ムジェさんは握りこぶしくらいに小さくなった大根を握った手で、マトリョーシカを指差してみせた。

基本的に、生きるってそういうことだと僕は思ってきたんですよね。

周りに現れるいろんな影法師を目にしながら、そんな思いを少しずつ飲み込んできたっていうか、少しずつ影響を受けたとでもいうか。たとえば、こういう話もあるんですよ。中学生のころ、母と姉たちと郊外の町に暮らしてたんです。通りからも離れた行き止まりの場所なものだから住んでる人もそんなにいなくて、ひょんなことから道を間違って入ってきた車が戻っていくような、人の行き来もそうない町だったんです。うちの後ろにはリアカーを引きながらダンボールを集めてるおばあさんが一人で暮らしてたんですけど、ある日別の町からそこまでダンボールを拾いに来ていたおじいさんと出くわして揉《も》めたんです。何か騒がしいなと思って出てみると、真昼に道のど真ん中でいくつかのダンボールとくずをめぐって大声でけんかが始まっていたんです。僕なんかは見たことも聞いたこともないような罵詈《ばり》雑言が飛び交って、二人の老人は互いに激しくののしりあいながら相手のリアカーからくずをつまみだして投げあったりしていて、それからおじいさんは去っていき、おばあさんが残ったんですね。おばあさんが怒りで、泣きながら胸元を叩きつつ家の中に入っていくのを僕は見たんですよ。のうぜんかずらが連なるコンクリートの壁の前に、彼女の影法師がものすごくふくらんだ頭を彼女のほうに傾けているのを見たんです。彼女が自宅に入っていった後も、その道にはくずの積まれたリアカーが残っていたんです。真昼にそれを見て僕も家の中に入ったんですが、日が暮れるころになって出てみると、まだそのままリアカーが置いてあって、どうなってるんだろうと思いつつもそのままにしていたんだけれど、この日そのおばあさんが亡くなったんです。庭で倒れているのを町内の人たちが見つけたんです。持病のせいで発作を起こしたのだろうと当時大人たちは言っていましたけど、僕は彼らがひそひそささやいていた通り、彼女が本当は影法師にあらがえずに死んだのだと思ったんです。彼女の子どもたちがやって来て葬儀を済ませてからも、リアカーは何日も片隅に残っていました。積んであるものもそうなくて、ダンボールがいくつかと発泡スチロールのかけらとビニールのようなものでしたが、僕はその前でそれらを目にしながら、こんなもののせいで死んでしまうのか、人はこういうものを残して死ぬんだ、と思っていて、小さな何かにわき腹を切りつけられたような思いをしながら家に帰っていったという話です。

ムジェさんは右手にそばの乾麺を握りしめて立ち、鍋の中をのぞき込んだ。

ウンギョさん、僕は、死後にまた別の世界が続いているとは思ってなくてですね、人ってのはどんな条件のもとであれ、どんな状況のもとで生きていくのであれ、ある程度からっぽなのは避けられないと思ってたんですね。人生にも性質というのがあるのだとすれば、それは本来虚しいもので、虚しいからといっていちいち騒ぐこともないんじゃないか、ってね。でも最近は、ちょっと違うことを考えてて。

どんなことを考えているのかとわたしは尋ねた。

たとえば、あそこで一人で暮らしていたおばあさんがダンボールを拾うことで生計を立てていたのは、そもそも自然なことなのだろうか、と。

ムジェさんが言った。

人生であんな死に目に遭うということは単純に個人の事情なのだろうか、と。あたり前のように起こっているだけで、実はそれほど自然なことではないとするならば、もともと虚しいのよりもはるかに虚しいことなんじゃなかっただろうか、ってね。

ウンギョさん、大根おろしとねぎをそんなに入れたら辛いですよ。

辛いのを食べるつもりなんです。

辛すぎますよ。

＊

と言いながら、ムジェさんはわたしの器から薬味をひとさじ取り除くと麺つゆを注いだ。氷がカランと浮かび上がった。冷水でしめたそばを少しずつ麺つゆにつけて食べた。ムジェさんもわたしも何も話さなかった。麺があまりに冷たくて口に入れるたびに歯がしびれた。開け放った窓から日差しが注ぎ込んで食卓の角に斜めに差しかかっていた。雲が太陽を覆ったのかその場所がふとうす暗くなったと思ったらまた明るくなった、それを見ていて顔を上げたとき、ムジェさんの影法師を見た。ムジェさんの隣にムジェさんよりも小さなサイズで立っていた。輪郭が似ていたけれど顔らしきものはなく、黒くて痩せていた。ムジェさんは影法師をそのままにして物思いにふけっていた。ムジェさん、と呼んでもこちら側を見なかった。何を考えているのか、思いつめたように考え込んだまま冷たいものをうつろに食べていた。

ムジェさん。

ムジェさん。

のどがつまって、ほんとうにわたしが声を出しているのかな、と思うほど小さな声で呼んでみたが、影法師がテーブルにそっと腕をおいた。華奢《きゃしゃ》ながらも手の甲と手の形をした黒い手がわたしのほうを向いていた。こちらに伸ばしてくるのかなと思ったが、テーブルに置くだけでそれ以上は動かなかった。

じっと座っていた。影法師が立ち上がってからムジェさんはどういうわけか物音を立てていないように見えた。影法師の隣でお箸で麺をつまんで口に運び、ゆっくりと麺を噛んで飲み込みながら、絶えず動いているというのに輪郭の曖昧な人みたいに見えた。ときどき雲が通りすぎて太陽を隠した。大きな雲が通りすぎるときは四方が再び明るくなるまで少し時間がかかった。何度か部屋が暗くなったり明るくなったりするうちに影法師は落ち着いた。ある瞬間、体についていく影に戻っても う気配はなかった。外でいっせいに鉄を磨きにかけるみたいにセミが鳴いた。ムジェさんが麺についたからしのかたまりをよけていた。わたしは血の気の引いた手できゅうりの漬物をつまんだものの口にする意欲もなく、麺つゆにつけたまま見つめていた。

ウンギョさん、とムジェさんが言った。

そんなふうにしてたらしょっぱいじゃないですか。

ほっといてください。

麺つゆ、新しくしましょうか？

いいえ。

お腹いっぱい？

いいえ。

じゃあどうして？

ムジェさん。

はい。

こんな冷たいものじゃなくてあったかいものが食べたい、つゆもの、食べたらお腹があったまる、熱々でのど越しがよくってすっきりしたスープをお腹いっぱい飲みたい、とはなをすすりながら言うと、鼻水を拭いて残りのそばを食べきった。

洗濯機の脱水の終了を知らせるアラーム音が小さく鳴っていた。

島

行きましょう。

熱々でのど越しのいいすっきりしたスープ飲みに、とムジェさんが言ったときは、近所にアサリ入りの手打ち麺でも食べにいくのだと思ったのだが、次の週末になって家にいるときに連絡がきた。

今から出ますから、八分後に出てきてください。

頭ごなしにそう言い放つと電話が切れて、どこに出てこいというのか尋ねることもできなかった。慌てて髪の毛を乾かして、五分とか十分ならともかく、八分っていったいどうやって計算した時間なのか、と思っているうちに八分過ぎた。窓を開けて外をのぞいて見るもムジェさんは見えなかった。どこまで出なければならないのかわからず、つっかけをひっかけて外に出てみると、路地の入口にムジェさんが立っていた。ぱっと見ただけでもかなり古い車を背にして立っていて、こっちに来るように手招きしていた。そっちに走っていった。すっきりしたスープ飲みにいきましょう、と言ってムジェさんが助手席の扉を開けてくれた。ムジェさん、とわたしはお腹を押さえて笑いながら言った。

車がめちゃくちゃ古いんですけど。

でしょう?

と言ってムジェさんもははははと笑った。

熱々でのど越しのすっきりした澄んだスープを飲みに出発した。お尻のあたる部分がぽこんとへこんだ助手席にどすんと沈みこむように座り、バックミラーを触ってみて、助手席の前のグローブボックスも開けてみた。保険証のはさまった手帖と軍手が一組と童謡のカセットテープが二個入っていた。保険証をのぞいてはどれも数日前までこの車の持ち主だった人のものだと、彼が最近になって新しく中古車を、新しく中古車だなんて、ものすごく変な言い方だけど、ともかく手に入れて、三万ウォンでこの車を譲り受けたのだとムジェさんが言った。ものすごく安いですね!と言うと、ぼろぼろですから!　とムジェさんが言った。エンジンの音がかなりのものので、なんだかんだ大声で怒鳴りながら走ってるみたいとわたしが言った。ボタンを押して窓を下げてみた。とりあえず下りたもののそれっきりで上がってこないため、手で引き抜くようにして引っぱってみてからあきらめてそのままにしておいた。面白かった。風に乗って髪の毛が舞い上がるようにして流れていくのすら面白

島

かった。信号待ちでムジェさんがブレーキを踏んでるときは車がブルンブルンと揺れた。

揺れてる！

揺れてますね！

と二人でげらげら笑った。

妙に浮かれてると思いながらも愉快で、愉快なことが愉快で笑った。わたしが言った。

ところで何を食べにいくんですか？

熱々でのど越しのいい澄んだスープと言ったら貝でしょう。

アサリ？

アサリも食べて、ほかの貝も食べて。

ほかの貝？

ウンギョさん、アサリ以外にも貝はたくさんあるんですよ。

ホタテ、ハマグリ、バカガイ、コタマガイ、ササノハガイ、ウチムラサキ、フネガイ、カガミガイ、潮吹き貝、沖しじみ、とわたしも知っているものや、見たことも聞いたこともない貝の名前をならべながらムジェさんは方向指示器をつけて車線を変更し、スピードを緩めたり、出したりしながら慣れた手つきで前へ進んでいった。晴れた午後だった。塗装のはがれたボンネットが日差しを浴びて絶えずぴかぴかと光っていた。

ムジェさん、あたしたち、それみんな食べるんですか？

全部食べますよ。

わあ。

うれしい？

はい。

うれしいならよかったです。

あたしもよかったです。

こんな会話を交わしながら、道境を越えた。

＊

渡し場でこれから向かう島の地図を受け取って見てみると。きれいに脱いでそろえておいた靴下のような形をしていた。北側と東側に渡し場が一つずつあって、大小の湾の入口があり、かつては塩田もたくさんあったが、今は一箇所をのぞいて残りはみな消え去り痕跡だけが残っていると書いてあった。塩田、塩田だってと言っていると、船が着いたとムジェさんがエンジンをかけた。ゆっくりと進む前方の車のお尻の後について派手にガタガタいう甲板に上がっていった。船で二十分ちょっとかかる距離でずっと車の中にいるわけにもいかず甲板に出た。船についてくるかもめたちにお菓子を投げてやっている人たちから少し離れた場所に立って、徐々に遠のいていく陸地の渡し場を見つめていた。消波ブロックが積まれた防波堤の向こうには、満席でこの船に乗れなかった車たちが列を成していた。船はスクリューで黄土色の水流を作り出しながら、ただゆっくりと前に進んでいるだけだったのに、船の底から、ゴン、ゴン、ゴン、ゴンという何かが壊れ続けている音がした。ムジェさんとわたしは出発したときよりもずいぶん落ち着いた状態で欄干を握って立っていた。

この船も古いですね。

と言って船頭のほうへ移動し、少しずつ近づいてくる島の渡し場を見つめた。島側の防波堤は陸地のより幅が狭く、二方向に分かれている道路に面して傾斜していた。車に戻り順番を待った。乗船した順番とは逆の順に船から降りた。ムジェさんは渡し場の入口でためらうことなく右側の道に進んでいった。狭い傾斜を上って岩の多い、低い山道をすぎて、海を右手に見ながら車を走らせた。海水面よりも低く見える田んぼには稲が育っていた。

ここのお米は海風のおかげでおいしいらしいですよ。

とムジェさんが言った。

わたしは窓の外に顔を少し出して、吹いてくる風のせいで目を細めながら海を眺めた。

ウンギョさん、そんなに顔出したら危ないですよ。

海が見えたから。

もっと眺めのいいところありますから。

そこにも行くんですか?

行きますとも。

スープを飲んでから、とムジェさんが言った。左右に田んぼの広がった広い野原をすぎて砂利浜の入り江にたどり着いた。干潟に向かって広がる防波堤の上に平屋の刺身店が五、六軒店を開けていた。一番海側に面している店に入って貝の鍋を注文した。二人とも生ものは食べられなかったので刺身は頼まなかったが、朝獲れたばかりだと言って店主が生えびを出してくれた。風味がよくて甘いですね、と言いながら食べているとき、鍋が運ばれてきた。中華鍋のような大きな鍋に握りこぶしほどの貝がごろごろ入っていた。これはホタテ、これはハマグリ、これはウチムラサキ、じゃなかったカガミガイ……ウチムラサキ？　と言いながらムジェさんは口を開けた貝を取り出してわたしのお皿に入れてくれた。貝だけでもじゅうぶんにお腹が膨れて、わたしは食事が終わるころにはお箸を手にしたまま少しうとうとした。ムジェさんの背中越しには、全面ガラス張りの窓が開け放たれていて、海が見通せないくらい遠のいた先には干潟が現れていた。いく隻かの漁船が泥土の上にやや傾いてたたずんでいた。ムジェさん、満ち潮のときはあそこまで水が入ってくるのかな、と尋ねると、この目の前まで来ますよ、と店主が厨房のほうから顔を出して答えた。この窓の前まで海水が満ちてくるだなんて、台風が来たらどうなるんだろう、みんなどうなっちゃうんだろう、そんなことを思いつつ、うつらうつらしながら座っていたが、陽が赤く染まりはじめるころに防波堤を発った。

おいしかったですか？

ムジェさんが尋ねた。

今日のは熱くて、すっきりしました？

ええ、おいしかったです、熱々で、のど越しもよくて、ありがとう、連れてきてくれて、と言うとムジェさんが笑った。

＊

昔来たことがあるんですよ、と言いながらムジェさんは島の西側の端に向かって車を走らせた。

いつ来たんですかと訊くと、大学のころに二、三度という答えが返ってきた。

大学に通ってたんですか？

通ってたけどすぐに辞めたんですよ。

借金してまで学ぶような内容じゃないと思って、という会話をしながら車で到着した場所は山寺だった。駐車場に向かう入口から山頂に向かって道が傾斜していた。車二台がやっとすれ違えるような上り坂の両脇には緑豆のジョンやナムル、マッコリなどを出すさびれた店が軒をつらねていた。店の外に鉄板を出してわかさぎのジョンを焼きながら客引きしている店もあった。団体でお寺見物に来たと思われる人たちで狭い道はにぎわっていた。溶き卵をつけたジョンが油で焼かれる匂いが四方から立ち込めていた。ムジェさんとわたしは、駐車場に車を止めて山寺の入口に向かって歩いていった。雨風にさらされて色あせた出入口の門の前で、黒くすすけた軍手をはめた女の人が通りすぎる人たちに何かを分けてやっていた。一つ味をみてみるようにと彼女がくれたのは栗だった。てっぺんの部分に切り込みを入れておいて焼いたもので、どんぐりみたいにちいさくて皮はてかてかしてつやがあった。食べてみるとおいしかった。

おいしいですか？

すごくおいしい、と言うとムジェさんが坂をもどって下りていき、その栗を一袋買って持ってきた。

カリ、カリと皮を割って黄色い実を取り出して食べながら、一生懸命坂を上っていった。上りはどうにかこうにか上れるとして、下りが心配になるほど傾斜の険しい道だった。歩いては食べて、息を吸ってとせわしないわたしをいつの間にか追い越したムジェさんがウンギョさん、と呼んだ。顔を上げて見てみると、どこか物さびしそうに見える表情で上り坂の上に立ってこちらを見下ろしていた。

ウンギョさん、そんなにおいしいですか？

はい。

……そんなものを、そんなにおいしがって。

早くいらっしゃい、と言って待っているムジェさんに向かって、一歩一歩歩いていった。

山寺の庭から山頂までは、四度方向を変えて上る石の階段がしかれていた。百八個まで数えてからは頭の中を空っぽにしたまま脚だけを動かして階段を上った。ふくらはぎがつっぱって、足をもちあげて上ることすら辛くなってきたころ、頂上に着いた。ベンチを三、四台設置してある観望台の上に向かってもう一つ階段が続いていて、高くて急な岩壁にまあるい顔をした仏像が浮き彫りになっていた。仏像の頭の上に平たい岩がきのこの笠みたいにしてにょきっと飛び出ているのを見ていた。ムジェさんとわたしは、仏像の前まで上りきってから、座布団をおいてその場で祈禱をささげている人たちの邪魔になるかもしれないと思い、観望台に下りていった。猫、と誰かの叫ぶ声がして見下ろしてみると、身ごもっているのかお腹のぼてっとした黒猫が一匹、落ち葉の積もった急斜面の坂道を慣れた足取りで下りているところだった。

観望台は高い絶壁から海に向かって飛び出していた。日が暮れるころだった。ムジェさんと並んで絶壁の仏像を背にしたまま座って海を眺めた。海は淡い紫の光を帯びていた。空は青くて、黄色くて、赤い光を少しずつ混ぜたような深くて淡い色で、多少ぼやけて水平線と触れ合っていた。思ったより遠く離れたところに駐車場と島の道路が見下ろせて、その向こうに干潟と塩田が見えた。まだ満ちる前の干潟が遠くまで続いていた。廃止された塩田はどういうわけか赤かった。遠い海のほうでまるで夢で見たようにぽつん、ぽつんとつらなる島には送電塔が一つずつ設置されていた。島も送電塔も、遠く離れているはずなのに近くにあるようで、眺めている間に少しずつ消えていくような気がして目を離すことができなかった。電流は海を越えてどこに続いているのだろう、と考えていたらムジェさんがため息をついて言った。

空がとてつもないですね。

ええ。

こういう光景を見てると、人間ってのはやっぱりどうかしてると思うんですよ。

どうかしてるって？

騒がしくて、ばたばたしてて、意味もなく速いうえにいろいろと凶暴だし。

……ムジェさん、それって人間というよりは都会のことなんじゃ。

都会でしょうか？

と言いながらムジェさんが笑った。

どちらにせよ、こういう光景は人間とものすごくかけ離れている気がして、おだやかな気持ちになります。

ふくらはぎにそっと触れるものがあって見下ろしてみると、さっき坂を下りていった猫がいつのまにか上がってきて、じっと寄りかかるようにしていた。遠くから見たときお腹に赤ちゃんがいるように見えたが、やはりぽてっとしていてしっかりとふくらんでいた。ムジェさんが注意深く猫を抱いてひざの上に載せた。ごわついた毛の中に木の皮やら草やらがからまっていた。その中から大きなものをいくつか取り除いて背中をなでてやると、目を細めて腰を落ち着けた。山頂と言ってもよさそうな絶壁の上で、ひざに猫を載せたまま背中を丸めて座っているムジェさんを見ていると、妙な気分になった。それほど大勢ではなかったものの、下のほうからは今も人々が仏像をめがけて階段を上ってきていた。あんなところにも送電塔がささってますね、と言いながらムジェさんはぼうっと海を見つめていた。

＊

出入口の門に向かって下りていく間に日が暮れた。腰を後ろに思い切りそらせないと歩けないほどの坂道を下りてきて車のところまで来たときには、もう四方は真っ暗だった。わかさぎとマッコリを売っていた店の半分はその日の商いを終えて店じまいの最中で、残りの半分はさっさと扉を閉めて灯りも消えていた。ヘッドライトを灯《つ》けて斜面を下ってくると道路にさしかかった。置いてきたものがあるような気がして、サイドミラー越しに後ろのほうを見てみた。徐々に暗くなっていく島の道路のはしっこで電柱がぽつ、ぽつ、と後方に流れていくだけだった。言葉数がずっと少なくなったムジェさんの隣で、車のエンジンが作り出す騒音にまみれたまま暗い島の道を走った。都会とは違って、街路灯の間隔が広く、それすらもある地点をすぎるとなくなった。海と思われる黒いものを左にしながら走った。ときどき、遠い海に浮かんだいか漁船の電灯が車内までさしこんだが、丘で遮られたり、海岸からは道路が遠く離れているせいで、その瞬間も長くは続かなかった。

ムジェさん、とわたしが言った。

まだ船ありますかね?

ありますよ。

ですよね?

最終の船とその前のと、二回残ってますよ。

じゅうぶん間に合うと聞いてからも不安だった。ウンギョさん、何がそんなに心配なんですか、だってすごく暗いから、夜なんだから暗いにきまってるでしょう、そうじゃなくて、あまりに暗くて、本当に明るい場所にたどり着けるのかなって思って、どうしてそんなありえないこと考えるんです、ありえないことなんですけどねムジェさん、どうしてもそんなことばっかり浮かんで、そういうのが、と会話をしながら前方が渡し場なのを告げる立て札の反射光を見た。

あそこに書いてあるでしょ。

と言いながら渡し場に入っていくのに、灯りがすべて消えているところからしておかしかった。ヘッドライトにちらちら照らされる風景が船から下りるときに見たものとは違った。下りるときには見えなかった山の影が右側にあった。船を呼ぶ灯りも、向かい側の渡し場の灯りも見えなかった。船を待つほかの車も見当たらず、暗くて物さびしく、わたしたちだけだった。しばらく訳もわからないまま止まっていた。ぼんやりした面持ちでいたが、北側に新しい渡し場が作られてから今はもう使われていない南側の渡り場を思い浮かべた。死んだと言われている渡し場だった。

ムジェさん、ここがあそこなんじゃないかな。

分かれ道で道を間違えたみたいですね。

どうしよう。

大丈夫ですよ。

二つの渡し場はそれほど離れていないとムジェさんは言った。けたたましい音をたてながら渡し場を一周して出てきたが、そこから先はそれほど進めず、エンジンの寿命が尽きた。

＊

漠々たる大平原にそびえたつ街路灯の近くだった。

カチ、カチと非常ランプが作動していた。ぼうっとして前を見ていた。埃が焼けたような臭いがした。ムジェさんがまずドアを開けて外に出てからわたしも出た。ゆっくりと止まってくれたおかげで車は道の端っこにひっかかっていた。エンジンカバーの隙間から薄く細い煙が何本か立ち上がっては消えた。下に何か漏れているようで油の混ざった黒いものが地面に広がっていた。ムジェさんがエンジンカバーを開けて中をのぞいている間、わたしは後ろのほうに歩いていって、いま来た方向を眺めた。走ってきた方向と進むべき方向のどちらも暗闇に染まっていた。交互に眺めてから頭上を見上げてみた。真っ暗な夜なのに星も見えず、左側に浮かんだ月はぼやけたオレンジ色で少し欠けていた。潮の香りのする風が吹いてきた。

ごめんね。

とムジェさんが言った。声はかすかに聞こえてくるのに姿は見えなくて、車の前方に回ってみた。ムジェさんが両手であごを支え、バンパーをのぞき込むような姿勢で座っていた。ぼうっと何か考えているような様子だったが、近づいていくと、ごめんね、と力なく言った。何言うんですか、そんなことないのにと言うと、こんなことになってごめんね、とムジェさんが小さな声で言った。そんなことないのにともう一度言いそうになったが、そんな言葉ではムジェさんのことをもっと小さくさせてしまうだけなような気がして、大丈夫ですよ、大丈夫、と言いながらムジェさんの背後に回って、車のそばで黒く遠く広がっている平原に向かって立った。

背の高いものやまっすぐにそびえるもののない、全体的に平たいものだけが地面に立っていたり、ゆるやかに傾いていた。平原の遥か向こうにもっと広がっているものの気配を感じて、ここはほんとに島なんだ、と思った。

振り返ってからムジェさんの影を踏みそうになった。ムジェさんは相変わらずエンジンカバーを開けたままにして、今度は立ち上がってその中を見下ろしていた。黙々と物思いにふけっていたムジェさんのかかとから伸びている色濃い影が周辺のものたちとは異なるオーラでまっすぐに平原に向かって伸びていた。灯りの端から平原の暗闇が影を吸い込み、影が暗闇につながり、どこまでが影でどこからが暗闇なのか見分けがつかなかった。まるで島そのものがムジェさんの影のようだった。

ムジェさん

呼んでも返事が返ってこなかった。

黙ってうなだれているムジェさんのうなじの上に光が当たっていて、その向こうにすぐに暗闇が降りてきていた。途方に暮れて、怖くて、半球形をした街路灯の笠を見上げた。ここはもしかしたら口かもしれないと思った。暗闇の口、いつか、この闇が口をつぐんだら、ムジェさんだろうとなんだろうと灯りと一緒にひと息に消え去ってしまいそうだった。

後ろ首をひっぱられるような暗闇を背にしてムジェさんのほうに歩いていった。手を握ってみると、手というよりは何かの骨をつかんでいるみたいに痩せていて冷たかった。そうだとしてもこれはムジェさんの骨、と思って、心をこめて握っていた。

ムジェさん。

ムジェさん。

歩いていきます？

と言うとこちらを見つめた。

……どこに？

渡し場に。

……こんなに暗いのに誰かに会ったらどうするんです。

会えたらいいじゃない、そのために行くんじゃないですか。

会ったとしてもムジェさん、あっちだって驚くんじゃないんですかね、うちらのことを誰かと思って、と言うとムジェさんが首をかしげてわたしを見つめた。船は、船がなくたって渡し場の近くには人が住んでるじゃないですか、歩いていきましょう、と手を引っぱるとこれといった抵抗もなく歩きはじめた。握った手に引っぱられる手の重みが、ずっしりしているようでいて軽く、わたしはうすらさびしくなった。

灯りの外にいくらか出ていったころ、ちょっと、と言ってムジェさんが車に戻っていった。走ってきた方向に向かって三角表示板を立ててから戻ってきた。車には、手伝ってくれる人を見つけ次第戻ってくると約束して、ムジェさんと手をつないで前を向いた。カチッという音が徐々に遠のいた。灯りが照らす範囲を抜け出していくにつれてどんどん空気の密度と風が変わったような気がした。ときどき後ろを振り返りながら歩いた。街路灯の灯りの中にぽつんと車が残っていた。影法師が一つ、そばで揺れていた。ずいぶん離れていたうえに暗くて地面がよく見えず、ムジェさんのものなのかわたしのものなのか見分けがつかなかった。細長い塊でどうしていいのかためらっているようにしてたたずんでいたが、ゆっくりとこちらに向かって動きだした。灯りの端から暗闇の中へ入っていってからは幾度か揺れるのが見えて、それからはもう見えなかった。

ついて来てるんだ、と思った。ついて来る影法師なんていうのは怖くもなんともなかった。ゆるやかな峠を上ると、遠く離れたところに街路灯が見えた。三つの街路灯がまた別の角のほうに向かってぽつぽつと連なっていた。そちらのほうに下りていった。灯りの小さな縁の外は大部分暗闇に浸かり、空中に浮いている道をふわふわと歩いているようだった。おばけかな、うちら、おばけかもしれないね、こんな夜にまた別のおばけに会おうとしてるおばけ、と言い合いながらぼんやりにじんだ月の下を歩いた。

暗闇にどっぷり浸ったり、灯りに照らされたりしながらゆっくり歩いていた。
ウンギョさん。
とムジェさんが言った。

歌、歌いましょうか。

あとがき

いまだ暴力あふれるこの世界で
好きでいられる（もの）のはごくわずかしかないのだから
世界が、彼らにとってもう少し
やさしいものであったら
いいのにと
思い続けてきたけれど、この世界は
そもそもはじめから
まるで何ごともなかったかのように
している
それでも

そばにいることが慰めになるようにと
願ったりするような、とてつもなく
自己愛的な思いではなく
ただ、少しでも
あたたかなものを差し出したかった
夜道を
歩いて行った二人が、誰かに出会えるよう願って
いる

皆が健康で
健康でありますよう

二〇一〇年六月
ファン・ジョンウン

ふたたび、あとがき

二〇〇九年の春と夏にかけてこの小説を書きました。

正午まで小説を書いて

午後に電車に乗って龍山《ヨンサン》へ行き、龍山駅を行きかう人々に、龍山惨事〔二〇〇九年一月二十日未明にソウルの龍山地区で再開発のために立ち退きを要求されていた人々がビルの屋上に立てこもり、警察が特攻隊を投入する中で火災が発生し、立ち退き《の》住民五人、警官一人が死亡し、二十三人が怪我をした事件〕と書かれたチラシを配りました。まったく受け取ろうとしない人もいれば、あからさまに嫌な顔をする人もいて、何かを尋ねてくる人や笑う人、水をくれる人もいました。

ある日は

麦わら帽子をかぶって横断歩道の前に立ち続けました。手書きのプラカードを前面に立てて、麦わら帽子の陰の中から、通りのむこうの南一堂《ナミルダン》〔龍山惨事の事故現場となったビル〕を見つめ、日が暮れるころに道を渡り、弔いのためののぼりで囲まれた南一堂に入りました。夜の七時になるとどこからか人々が集まってきて道端に座り、私もそこに一緒に座り続け、夜更けになると家に帰りました。それ以外にできることは小説を書くことだけで、小説を書きました。

『百の影』を書いている間、絶えず前夜について考えました。この小説を書き終え、次の小説、そのまた次の小説を書いている間にも、その言葉について考えました。しばらくは、どの小説のタイトルも「前夜」にしたいと思ったりもしました。人々が、逃げることもできずに閉じ込められて死んだ場所を、毎日この目で見て帰ってきていたせいで、その言葉とその場所について考えることをやめられませんでした。

　だからこそ、『百の影』を書くにあたって私は、なおさら慎重にならざるをえませんでした。ウンギョさんとムジェさんは注意深く、慎重に会話しなければならなかったし、私は、もっともっと、とまどい、迷いながら言葉を選ばなければなりませんでした。

注意深く、慎重になることについてたくさん考えて、そういうものを世界に継ぎ足していきたいと思いました。どれほど慎重になったかしれません。ウンギョさんとムジェさんの会話を邪魔してしまうのではないかと、小説が出版されてからも、著者として人前で話をする場はいっさい持ちませんでした。

十三年の歳月が流れる間、小説に出てくる場所と縁のあった現実の場所の多くも変化を重ねました。鍾路《チョンノ》の電子ビル街は残ってはいますが、清渓川《チョンゲチョン》沿いの礼智洞《イェジドン》一帯は再開発によってがらんとした路地になりました。オムサのようにぎっしりと箱が積み重なっていた電球の店はもうその場所にはなくウンギョさんとムジェさんが閉じ込められた江華島《カンファド》の西方に位置する席毛島《ソンモド》は、島と島をつなぐ橋が架けられて陸地とつながりました。

十三年近くが流れる中

世界の暴力はさらに露《あら》わとなり

それを包み隠そうとする力はもっと巧妙に隠そうとするほうへと動いていますが、これまでの間、前夜を考えることと注意深く慎重になることを、私はあきらめませんでした。

小説を読み続けてくださる読者の方々のおかげだと思っています。

ありがとうございます。

本書の初刊行と
復刊に際して、ご協力くださったすべての方々への感謝もこめて、

二〇二二年一月に書きます。

心安らかでありますよう。

訳者あとがき

本書は二〇一〇年に民音社《ミヌムサ》より刊行されたファン・ジョンウンの初の長篇小説『百の影』の全訳である。ながらく絶版となっていたが、二〇二二年に創批《チャンビ》より改訂復刊となり、翻訳にはこのたびの改訂版初版を用いた。

本書刊行当時、登壇から五年ほどの間にファン・ジョンウンはすでに、独特で幻想的な世界観と静謐《せいひつ》な文体で資本主義社会を背景にした暴力などをテーマに作品を発表し続け、厚い読者層に支持されていた。待望の初長篇『百の影』も刊行直後に韓国日報文学賞を受賞、「詩的な圧縮とリズムを帯びた抑制のきいた言語、社会的暴力に傷つけられた個人を包み込むような高度な倫理性をもとに、新しくも完成度の高い小説美学を構築した」と高く評価された。韓国文学評論家協会による「私たちの時代の小説」にも選ばれ、現在では「二〇〇〇年代韓国文学におけるもっとも美しい小説」とも呼ばれている。

小説は、ソウルの鍾路《チョンノ》にある世運商街《セウンサンガ》を連想させる老朽化した五棟の電子機器を扱うビルの撤去を背景に、暴力的な再開発という韓国的な現実を隠喩的かつ幻想的に再現した。都会の片隅で、日常的な暴力とそれに立ち向かいながら生きる人々の日々を、沈黙が満ちあふれて共鳴し合うような話法で描いている点が印象的だ。ムジェとウンギョの二人は短い輪唱を思わせるような言葉のやりとりを重ね、絶望の中から歌を歌うところまでたどりついてゆく。

かように寡黙な小説だが、その中には驚くほど複雑な風景が広がっている。そのうちの一つには韓国社会における再開発問題があげられる。ＩＭＦ通貨危機を経たのち、経済的回復が何よりも最優先されてきた中、無理な再開発事業によるさまざまな問題が多発した（現在もそれは続いている）。なかでも、二〇〇九年一月二十日、ソウル龍山《ヨンサン》地区の再開発事業に反対する住民たちを強制鎮圧する過程で起きた「龍山惨事」は韓国社会に大きな衝撃を与えた。

問題の発端は、龍山地区のニュータウン再開発に伴う補償金対策だった。この場所で長らく商売をしながら暮らしてきた住民たちには一時的な営業補償以外は何もなく、住民たちは生計を立てていくための対策を政府に求めていた。しかし、話し合いや交渉もないまま要求は退けられ、撤去担当の建設会社による間接的な嫌がらせや営業妨害が続く中、ついに一月十九日、立ち退き住民約三十人が撤去対象となった商業ビル南一堂《ナミルダン》の屋上に籠城《ろうじょう》し、これを不法占拠とみなす警察四百人による放水銃などの攻撃に徹底抗戦した。籠城から二十五時間が経過した二十日未明、千三百人の警察が周辺を固める中、テロ専門部隊の警察特攻隊四十九人がビルの屋上に突入。住民と警察が対立しているさなかに激しい火の手が上がり、住民五人と特攻隊の警官一人が焼死したのである。

二十日の夜からは、この現場に次々と市民が集まり、政権と警察を糾弾するろうそくデモが行われた。事件発生直後、死体解剖検査は遺族の同意なしにただちに行われ、立ち退き住民の対策委員会委員長は拘束された。一方、過剰鎮圧を行った警察は秩序維持と一般市民保護のために避けられなかったとし無罪が結論づけられた。真相究明のための裁判は、非公開の三千ページの捜査記録と削除された警察側の証拠映像などからもわかるように、真実を覆い隠そうとする過程でしかなかった。結局、裁判は立ち退き住民の生存者に対する実刑宣告でしめくくられた。

「龍山惨事」と名づけられたこの悲劇は、公権力と政府の、ひいては資本の論理に翻弄されたあらゆる暴力が露《あら》わになった事件で、当事者はもちろんのこと、これを見守った市民も憤りや恐怖と不安に惑わされた。われわれの敵ははたして誰なのか。社会的弱者の敵は権力なのか。政府の敵は市民デモなのか。立ち退き住民の敵は警察なのか。命を落とした者の中には特攻隊の警察官も含まれる。命とは。尊厳とは。対話で模索してゆくべき民主主義の根幹はどこへ。われわれは再び暴力と抑圧の社会に後戻りさせられるのか。安全な場所などはたしてあるのか。訳者も当時、リアルタイムでニュース画面に映しだされる、燃え上がる炎、拡声器からの怒鳴り声、クレーンとコンテナ、鳴り響くサイレンといった、まるで現実感を伴わない強烈な映像を覚えている。

この小説をそもそも「龍山惨事」を前提にして読みはじめることには意見が分かれる。がしかし、本作がファン・ジョンウンのこうした世界の暴力への文学的抵抗であったことは事実だろうと思う。龍山駅の前で一人デモを行い、事故現場で人々とともに座り込みを繰り返し、裁判も傍聴したファン・ジョンウンにとって、本作を書くことそのものが暴力との闘いであった（だからこそ登場人物二人には闘わせたくなかったとものちに語っている）。

現場でのあらゆる沈黙を記録しつづけたであろう作家は、逆説的にも、そこで人と人が互いを見つめるあたたかなまなざしや、相手を傷つけないように心を砕く姿を目撃したことが、暴力的な世界で純粋な心で寄り添う登場人物たちにつながっていったという。各自の人生が何かに圧倒される瞬間、たとえば絶望や無気力感に襲われた瞬間にふと立ち上がるもの、それが影法師たちだ。私たちはいまもなお、この影法師を目撃しながらも途方に暮れて立ち尽くすしかないのだろうか。いや、影をもたない実体もまた存在しないのだ。そう考えれば「ついて来る影法師なんていうのは怖くもなんともなかった」と思えるかもしれない。この無慈悲な世界にもまだ希望をもっていると、ファン・ジョンウンもまた二〇二一年に刊行したエッセイ『日記』(創批)でこう語っている。

「十二年前、日の暮れた島にウンギョさんとムジェさんを残して小説を書き終えながら、彼らが誰かに会えますようにと祈り、また書き終えてからもずっとそれを願ってきた。彼らを置いてきたことが心にひっかかっていて、刊行してからも何年も彼らのことを思い、あの夜、あの道を歩いていく二人を想像した。でも、いまはもうあの道に残してきた二人について想像しない。二人はもうそこにいない。誰かが、彼らのことを見つけてくれたはずだから」

どうか、どんな暗闇の中にあっても、彼らが歌を歌っていけますように。

編集にあたってくださった亜紀書房の斉藤典貴さん、初版刊行からファン・ジョンウンの世界を共有してきたパク・アネスさん、拙訳がこうして形になるまで長年に渡り励まし支えてくださったすべての方に御礼申し上げます。

二〇二三年九月

オ・ヨンア

ファン・ジョンウン

一九七六年生まれ。二〇〇五年、短編「マザー」でデビュー。〇八年に短編集『七時三十二分 象列車』を発表。一〇年、『百の影』で韓国日報文学賞、一二年、『パ氏の入門』で申東曄文学賞、一四年、短編「誰が」で李孝石文学賞、一五年、『続けてみます』で大山文学賞、一七年、中編「笑う男」で金裕貞文学賞、『ディディの傘』で五・一八文学賞と萬海文学賞など数々の文学賞を受賞している。邦訳された作品に『誰でもない』(斎藤真理子訳、晶文社)、『野蛮なアリスさん』(斎藤真理子訳、河出書房新社)、『ディディの傘』(斎藤真理子訳、亜紀書房)、『続けてみます』(オ・ヨンア訳、晶文社)、『年年歳歳』(斎藤真理子訳、河出書房新社)がある。

訳者 オ・ヨンア(呉永雅)

翻訳家。在日コリアン三世。慶應義塾大学卒業。梨花女子大通訳翻訳大学院博士課程修了。訳書に『かけがえのない心』『大都会の愛し方』『天文学者は星を観ない』(以上、亜紀書房)、『世界の果て、彼女』(クオン)、『話し足りなかった日』(リトルモア)、『ママにはならないことにしました』(晶文社)、『秘密を語る時間』(柏書房)、『モノから学びます』(KADOKAWA)、『愛しなさい、一度も傷ついたことがないかのように』(東洋経済新報社)、『子どもという世界』(かんき書房)などがある。

〈ものがたりはやさし〉

2

百《ひゃく》の影《かげ》

著者

ファン・ジョンウン

訳者

オ・ヨンア

2023年11月4日 第1版第1刷発行

発行者

株式会社亜紀書房

〒101-0051 東京都千代田区神田神保町1-32

TEL 03-5280-0261

https://www.akishobo.com/

装丁

albireo

装画

植田陽貴

印刷・製本

株式会社トライ

https://www.try-sky.com/

ISBN 978-4-7505-1819-0 C0097